ÉCLATS DE SEL

SYLVIE GERMAIN

ÉCLATS DE SEL by Sylvie Germain

Copyright © Éditions Gallimard, Paris, 1996
Korean Translation Copyright © 1984Books, 2024
All Right Reserved
This Korean edition was published by arrangement with SIBYLLE Agency

이 책의 한국어판 저작권은 시빌 에이전시를 통해 Gallimard와 독점 계약한 (주)1984Books가 소유합니다. 저작권법에 의하여 한국 내에서 보호를 받는 저작물이므로 무단 전재 및 복제를 금합니다.

소금 조각

실비 제르맹 | 이창실 옮김

1984BOOKS

루보미르 마르티넥*에게

*　À Lubomir Martînek(1954~), 1979년에 프랑스로 이주한 체코 작가, 에세이스트.

차례

서장   10
대면   36
방향 전환   178

옮긴이의 말
여행의 시작과 끝, 그리고 새로운 시작   214

- 본문에 실린 각주는 모두 옮긴이 주이다.
- 단행본은 『』, 단편은 「」, 그림·음악 제목은 〈 〉로 묶었다.

우리 가운데 의식적으로든 무의식적으로든 다양한 집단 기만에 넘어가지 않았던 자 누구일까? 그것들에 엄청난 공물을 갖다 바치지 않은 자, 또 누구일까? '무슨 조형예술 취급받는 집단 기만'에 대한 책을 쓸 수는 없을까? 역사란 과연 무엇일까? 영광의 면류관일까? 신문에 실린 기사들의 헤드라인을 뒤바꿔 놓는다든지, 혹은 사진을 바꿔치기하면서 설명은 그대로 두는 시도를 해보면 어떨까? 재미있는 일일 수도, 아닐 수도 있을 것이다. 인간은 기이한 길들을 통해 앎에 가닿는다.

— 이리 콜라르*

* Jiří Kolář(1914~2002), 체코의 시인이며 화가, 번역가.

서장

　너도밤나무 한 그루가 밋밋한 풍경 한복판에 회청색과 라벤더색의 술렁이는 하늘을 배경으로 저만치 홀로 우뚝 서 있었다. 평원, 그리고 차가운 빛이라는 이중의 막막함, 이중의 헐벗음 한가운데 꼿꼿한 자태로 선 나무는 호박색과 적갈색의 높다란 가지를 푸르른 침묵 속으로 내뻗고 있었다. 해질녘, 바람과 허공 그리고 자신의 그림자와 친밀한 대화를 나누고 있는 수수한 위용을 발하는 너도밤나무.
　평범하면서도 기이하게 느껴지는 장소였다. 밋밋한 색채에다 기복이라고는 전혀 없는 경관, 광막한 하늘, 간결한 선으로 그어진 낮은 지평선. 그래도 그 나무가 있었다. 푸르스름한 하늘에 깊이 새겨진 상처 같은 잿빛 줄기, 고르디 고른 표면에 대한 항의처럼 보이는 둥근 모양의 가지들, 희미한 울림을 지닌 징 같은 구릿빛 이파리들을 지닌 이 너도밤나무가 있었다. 끈질긴 인내를 발휘하며 기다리는 육신의 강인함을 내보이면서 해질 무렵 보초를 서고 있는 나무였다. 힘과 단순함을 드러내며 공간 속에 자리한 그것은 오로지 자신에게, 보이지 않는 자신의 심장에, 들리지 않는 자신의 노래에, 자신의 고독에 집중한 모습이었다. 완강하고도 끈기 있게 시간 속에 자리한 이 나무는 그 잿빛 껍질 속에서 끊임없이 꿈을 직조하며 해묵은 기억의 질긴 실을 짜고 얽어맸다.

그런데 그 너도밤나무가 느닷없이 부동의 자세를 떨치고 하늘을 따라 천천히 미끄러지듯 나아가더니 종내 시야에서 사라져 버렸다. 나무는 그렇게 떠나 숲을 재회하며 지나친 고독을 벗어던진 걸까? 지평선에서 솟구치는 어떤 몽상의 흐름 속으로, 넘실대는 구름 속으로 표류해 들어간 건 아닐까? 아니면 그 적갈색 이파리들이 퍼뜨리기 시작한 어떤 비밀을 감추려고 달아난 걸까? 어쨌거나 나무는 사라지고 없었다. 풍경은 온전히 헐벗은 양상을 띠었고, 푸른 저녁 빛이 짙어지면서 대지도 더한층 황량해 보였다. 루드빅은 멀어져 가는 나무를 보며 살짝 당혹감을 느끼면서도 동시에 안도의 한숨을 내쉬었다. 허허벌판에서 20분 이상 정차해 있던 기차가 마침내 다시 움직이기 시작한 것이다. 루드빅은 간이테이블에 올려둔 미술 잡지를 다시 집어 들었다. 커피에 젖어 뒤틀린 페이지가 저절로 열렸다. 레오나르도 다빈치의 〈최후의 만찬〉을 다룬 기사의 행들이 흑갈색 커피자국들로 뒤덮여 있었다. 루드빅은 얼룩이 진 텍스트를 읽으며 씁쓸한 아이러니를 맛보았다. 기사는 벽화의 처참한 보존 상태를 비롯해 그림을 구하기 위한 노력을 다루고 있었다. 엉터리라고는 할 수 없어도 무능한 인간들이 그림을 복구한답시고 과거에 합심해 저지른 안쓰러운 훼손의 과정들도 되짚어졌다. 루드빅으로 말하면, 여행을 시작할 때부터 우울한 생각들만 되씹고 있었다. 육신과 지성을 아우르는 파멸의 관념 주위를 맴도는 사념들. 그런데 어떤 걸작의 파손을 다룬 이 기사가 그의 아픈 데를 건드린 셈이었다.

두 번째 기사는 〈최후의 만찬〉의 구도에 대한 연구로서, 인물들의 자세와 몸짓의 역동성을 분석하고 있었다. 그러면서 그림의 세부 사항들, 특히 인물들의 손 모양을 재현하며 설명했다. 우선 그리스도의 벌어진 두 손이 중심 공간을 차지했다. 그사이 표현력이 풍부한 사도들의 손이 마치 발언을 하는 듯 놀라움을 드러내며 탄성을 발했고, 서로를 부르며 의미를 묻고 그 순간의 무게를 헤아렸다. 비극적이라 할 만큼 감당하기 벅찬 무게였다. 스승이 사도들에게 이제 막 밝힌 바로는, 그들 중 한 명이 스승을 배반할 것이었다. 이 사악한 배신의 과업을 떠맡게 될 자의 손 역시 성화에 자세히 묘사되어 있었다. 충실한 사도 열한 명의 민첩하고 생기 넘치는 손과는 대조적으로, 무겁고 경직되어 보이는 유다의 손. 특히 불길한 돈이 가득 든 주머니를 움켜쥔 오른손이 그랬다. 그 둔한 손이 실수로 엎은 소금 통의 소금이 식탁보에 쏟아져 흩어진 모습도 보였다. 유다, '계약'을 파기하고, 이 땅의 소금이 되기를 거부한 자. 루드빅은 하품을 한 뒤 잡지를 덮어 간이테이블 위에 올려놓았다.

기차는 이제 점점 더 짙어져 가는 안개 탓에 흐릿해진 벌판 사이를 달리고 있었다. 갈색으로 변한 하늘을 수놓은 불그죽죽한 띠 모양의 흔적들 탓에 지평선을 분명히 가늠하기 어려웠다. 황토빛의 어슴푸레한 미광 속 풍경은 황폐한 느낌을 주었다. 비탈을 따라 늘어선 나무들에서는, 방금 전 그 존재만으로도 주변 공간에 엄숙하고도 불안한 분위기를 연출했던 너도밤나무의 위세는 찾아볼 수 없었다. 안개 속에서 떨고 있는 이 빈약한 나무들에게선 왠지 모를 비참함과 험상궂은 기운이 전해져 왔다. 나무들을 떨게 만드는 축축한 냉기에 루드빅 자신도 전율하고 있다는 느낌이었다. 서글픔과 추함만을 뿜어내는, 그 어떤 쾌청함도 기대해 볼 수 없는 시각. 그 무미함이 역겹기만 한 칙칙한 황혼이었고, 루드빅 역시 마음이 침울해지면서 역겨움에 휩싸였다.

그는 과거에 모두들 '위대한 브롬'이라 불렀던 옛 스승 야힘 브롬을 T시에서 방문하고 돌아오는 길이었다. 젊은 시절 한 때 루드빅에겐 우상이나 다름없었던 스승, 그가 제2의 아버지라 여겼던 사람이었다. 보다 철저한 의미에서, 아니면 적어도 다른 방식으로, 루드빅을 세상에 태어나게 한 간접적인 아버지. 그러나 이 비스듬한 부자 관계는 세월이 흐르며 차츰 느슨해지더니 급기야 올이 풀리고 말았다. 루드빅은 브룸이 은밀한 열정으로 끈질기게 탐구했던 사고의 영역들과는 다른 영역을 뒤지러 그의 곁을 떠났다. 그렇게 브룸이라는 인물은 황금전설의 한 등장인물이 되어 차츰 사라져 갔다. 그 금박이 빛을 잃더니 결국 금이 가고 만 전설이었다.

야힘 브룸은 노마드였고, 움직이지 않는 노마드 족속의 일원이었다. 그들에겐 꽃 한 송이가 피어도 정원이 열리고, 물방울 하나에 강 하나가 통째로 담기고, 흔들리는 그림자나 담벼락 위에 반짝이는 섬광 하나가 몽상으로의 초대가 된다. 그들에게 그림 한 점은 볼거리가 넘쳐나는 무한히 펼쳐진 고장이며, 무엇보다 말(言)은 기적의 공간이며 움직임이요 메아리다. 브룸은 한평생 언어와 이미지, 형상의 지대를 측량한 사람이었다. 언어와 가시적인 세계의 진정한 땅이 얼마나 높고 메말라 있는지를 너무도 잘 알던 터라, 이 고지대의 땅들을 더 세밀히 탐구하고 그 다양한 빛과 소리를 감지하기 위해 여러 언어를 습득했다. '다른 곳'으로 향하는 길들은 별로 중요하지 않다고 그는 종종 말하곤 했다. 충만한 욕구 속에 단단히 뿌리내린 이 '다른 곳'이 마음의 지평에 끝없이 펼쳐지는 걸로 족했다.

그렇게 그는 자신의 고요한 응접실에서 은밀한 여행을 하며 삶을 보냈다.

시와 운율이 쉴 새 없이 살랑대는 이 침묵 속으로 그는 루드빅을 수년간 인도했다. 루드빅이 정교함과 겉멋을 혼동하면서 숭고한 단어들에 마음껏 취하려 하면 브룸이 그에게 경각심을 심어주었다. 언젠가 루드빅이 그럴듯한 영감이 느껴지지도 않는 몹시 난해한 시들을 갖다 바치자 브룸은 무슨 비판을 가하는 대신 치프리안 카밀 노르비트*의 시 몇 편을 그에게 읊어주었다.

넌 말한다. '내 노래는 사랑의 노래'라고…… / 날 속일 수 있다고 믿는가? / 네 손가락 아래선 현의 떨림이 느껴지지 않는걸. / 넌 그저 시를 인쇄하는 직공일 뿐. 그는 여전히 노르비트를 인용하며 덧붙였다. 말들에 그 원시적 의미를 돌려줄 것. 인식 속에 자리한 그 모든 신비를. 각운이라? 그건 시의 행 안에 있지 행 끝에 있지 않다. 별들이 있는 곳은 빛을 발하는 그곳이 아니다.

브룸과의 대화를 상기할라치면 어김없이 그의 머릿속엔 이런저런 저자들에게서 차용한 시구나 문장, 경구가 또박또박 떠올랐다. 브룸은 끊임없는 각성 상태인 기억으로부터 인용을 퍼 올리는 놀라운 사람이었기 때문이다. 그렇게나 그는 언어를 자신의 영토로 삼고 있었고, 국경도 수도도 없는 그곳에서 자신이 통과하는 지대들을 매번 어렵

---

* Cyprian Kamil Norwid(1821~1883), 폴란드 시인.

잖게 활보했다. 그리고 말(言)의 장소에서 멈춰 설 때마다 그곳에서 왕처럼 군림했다. 생생한 목소리로 말을 건네 오는 책들, 때와 상대에 따라 적절한 페이지에서 열리는 책들, 그는 그런 책들이 비치된 움직이는 도서관이었다.

'인식 속에 자리한 그 모든 신비.' 그런데 루드빅이 보기에 그 신비는 사물과 존재와 세계에 대한 인식으로부터 떠난 지 오래였다. 느리게 흘러가는 이 잿빛 시각, 찌든 때와 담배의 악취가 밴 이 기차 칸에서만큼 그 신비가 빛을 잃은 적도 없었다. 기차는 잔뜩 위축된 유령처럼 보이는 관목들이 가장자리를 따라 늘어선 우울한 들판 사이를 몸체를 흔들면서 털털대며 달리고 있었고, 그저 권태와 공허감, 끈적끈적한 부조리만이 느껴질 따름이었다. 브룸의 어떤 마법으로도 더는 이 환멸을 사라지게 할 수 없었다. 그 어떤 놀라운 시(詩)도 루드빅을 더 이상 이 무심함에서 돌려세울 수 없었고 그의 내면에서 끝없이 확장되어 가는 무(無)의 깊은 하품을 잠재울 수 없었다. 루드빅은 내면의 파멸 상태로 너무 깊이 추락해 있었다.

정말이지 브룸의 마법은 모조리 사라지고 없었다. 이제 막 보고 온 그 노인은 노마드 브룸의 모조품에 불과했다. 더는 '다른 곳'의 아름다움을 탐하며 방랑하는 인간이 아니었고, 공터에서 짧게 맴돌며 헤매는 노인일 뿐이었다. 그가 너무도 당당하게 편력했던 꿈과 기억의 광막한 지대는 이제 파국을 맞아 온통 황무지요 함정으로 점철되어 있었다. 이 늙은 브룸의 기억은 달의 분화구보다 더 많은 구멍이 뚫린 황량한 지대였다. 말을 하는 것조차 힘에 부쳐 분명치 않은 소리를 횡설수설 웅얼대는 그의 모습은, 광기 탓에 목수 치머의 집에 갇혀 지낸 미친 횔덜린을 닮아 있었다. 때론 긍정이며 때론 부정인, 혹은 긍정임과 동시에 부정이거나 긍정도 부정도 아닌, 이렇게도 저렇게도 해석되는 팔락슈(Pallaksch)라는 말처럼 막연한 의미의 말들을 가까스로 뱉어낸 횔덜린을. 팔락슈 팔락슈…… 노쇠가 위대한 브룸의 기억을 뒤죽박죽되게 하고 생각과 꿈을 붕괴시켰으며 책 또한 모조리 무용지물로 만들어 버린 것이다.

이처럼 황폐화한 그를 보며 루드빅이 연민을 느낄 수도 있었겠지만, 그런 쓸모없는 감정은 무기력하게 표류하는 늙은 브룸에게 아무 도움이 되지 못했다. 난파한 야힘 브룸을 구하려면, 아니, 적어도 그의 고뇌를 덜어주려면, 순수한 사랑과 인내와 희생의 빛을 발하는 연민이 필요했을 것이다. 하지만 루드빅은 자신에겐 그런 사랑이 불가능하다는 걸 알았다. 스스로를 별로 사랑하지 않거나 지나치게 상처받는 방식으로 사랑해, 타인에 대한 염려라는 머나먼 여정에 뛰어들 순 없었다. 자아를 망각함으로써만 가능한 도약, 지칠 줄 모르는 관용이 루드빅에겐 없었다. 그 망각이 깊어질수록 마음 또한 아낌없이 내줄 수 있겠지만 루드빅은 자신에게, 결국 만사에 염증이 나 있었다.

창유리에 맺힌 빗방울 몇 개가 가는 사선을 그리며 흘러내렸다. 날이 거의 저물어 있었다. 루드빅은 자리에서 일어나 천장에 달린 등을 켰다. 한참 동안 깜박이던 등불에서 눈부신 빛이 퍼져 나왔다. 팔락슈 팔락슈…… 기차가 나른히 몸체를 흔들며 철로 위를 달렸다. 루드빅의 생각은 끊임없이 늙은 브룸에게로 되돌아왔다. 정말이다. 노쇠는 추하고, 은밀하고도 잔인한 과정이었다. 브룸의 옷에서 나는 쉰내와 지린내, 그 굴욕적인 냄새가 루드빅에겐 노인들의 웅얼거림만큼이나 참기 어려웠다. 몸과 영혼, 그 이중의 실추를 보면서 루드빅은 마음이 괴로웠다. 그 자신 또한 언젠가는 이런 굴욕을 겪게 될 것인가? 사랑과 찬탄의 대상이었던 이들의 이미지가 실추하는 것, 아니면 타인들의 눈앞에서 자신의 이미지가 더럽혀지는 것, 이 둘 중 어느 쪽을 목격하는 것이 더 큰 고통일지 그는 자문해 보았다. 때론 이 두 뒤틀린 시선이 뒤섞여 상황이 악화되기도 한다. 상대방의 배신으로 인해 좌절된 사랑이나 우정이 그렇듯이 말이다. 이 경우 자아 이미지가 무참히 손상된 버림받은 자는 스스로를 가차 없는 냉정한 시선으로 바라보게 된다. 뒤늦게 갖게 된 통찰인지라 한층 신랄하며, 한없이 절망적이기에 극단으로 치우친 시선이다. 과거의 사건들 모두가 확대경을 통해 놀랄 만큼 세밀히 재검토되면서,

그는 배신자의 비굴함과 야비한 행동과 거짓을 거슬러 추적해 끔찍이도 비관적으로 바라보게 된다. 그렇게 두 사람은 작은 쌍안경을 들이대고 관찰하면서 상대를 깎아내리고 웃음거리로 만든다. 그런 사랑의 불화가 절정에 이르면서 심장은 푸석푸석한 재로 화한다.

상대의 이미지를 깎아내리고 손상시킬 때 발생하는 최악의 상황은 아마도 자신의 눈에 비친 자아 이미지의 퇴색일 것이다. 상대의 행동을 비난하고 그 생각을 경멸했건만 우리는 본의 아니게 상대처럼 행동하고 생각하는 자신을 깨닫게 되는 것이다. 그 순간 환멸은 자신에게로 향해 우리는 스스로를 비하한다. 그렇게나 초라한 자신의 모습에 실망하면서 깊은 상처를 입기까지 한다. 이처럼 자아 이미지가 바닥까지 굴러떨어진 상태에선 타인에게 감탄과 연민의 시선을 보내기가 어려워진다. 자아 깊숙한 곳에서 낑낑대는 개, 이가 들끓는 이 절뚝거리는 개는 이제 만사의 이면에 도사린 비루함과 공허함의 냄새만 맡을 뿐이다. 크나큰 인내심을 발휘하며 삼촌에게 헌신하는 브롬의 질녀 에바에게조차 루드빅은 역겹다는 느낌밖에 가질 수 없었다. 병든 식물처럼 숙부 곁에 붙어살면서 하녀 내지는 간호인, 비서의 역할을 감당하며 이제는 자비의 수녀처럼 되어버린 여자였다. 시간은 그녀에게 아무 위력도 행사하지 못하는 듯했다. 호리호리한 걸 넘어서서 몹시 야위어 보이는 늘 같은 모습으로 그녀는 아파트 안을 소리 없이 이 방 저 방 옮겨 다녔다. 아파트 바닥과 가구와 창유리는 변함없이 반짝거렸고, 쓸고 닦고 윤내기를 반복한 탓에 그녀 자신마저 반들거리는 헝겊 같다는 인상을 주었다. 하지만 그 일은 이상하게도 그녀에게서 생기를 앗아갔다. 앙상한 몸에 침묵뿐인 여자가 진중하고도 느린 동작으로 쉴 새 없이 가사 일을 돌보느라 분주했다. 칙칙하고 메마른, 나이를 알 수 없는 여자. 그녀의 호의에선 단조로운 나날을 체념하고 받아들이는 마음의 텅 빈 울림이 느껴졌다.

어쨌거나 브룸의 제자였던 젊은 시절 그는 에바와 짧게 연애를 하기도 했었다. 브룸과 한 지붕 밑에 사는 질녀와 시시덕거린다는 건 위대한 브룸과 친밀한 관계를 맺는다는 의미이기도 했다. 그 사랑이 갑작스레 끝난 건 에바 때문이었다. 웬일인지 에바가 그에게 등을 돌리며, 쌀쌀맞다고는 할 수 없어도 서먹하게 굴었다. 예고도, 한두 마디 해명도 없이 닥친 일이었다. 그렇다고 루드빅이 조금이라도 상처를 입은 건 아니었는데, 둘 사이에 순결한 로맨스가 오가는 동안에도 그는 다른 여자들과 연애 행각을 벌이고 있었기 때문이다. 에바의 감정이 돌연 차갑게 식어버려 그와 악수조차 나누기 꺼려하는 이유를 그는 알려 하지 않았다. 사실 그 모든 일들이 이젠 과거지사가 되어 기억조차 나지 않았다. 전전날 그녀를 11년 만에 다시 보았을 때에도 그에겐 아무런 느낌이 없었다. 거의 알아볼 수 없을 지경이 되어 측은함을 자아낸 브룸과는 대조적으로 예전 모습 그대로인 그녀를 보며 놀라움을 금치 못했을 뿐이다. 세월도 에바에겐 영향을 미치지 못한 듯 그저 그녀의 머리카락을 스치며 관자놀이를 희끗희끗 물들여 놓은 데 반해, 브룸에겐 한껏 위력을 행사해 훼손과 손상을 배가한 듯싶었다.

팔락슈 팔락슈…… 기차는 비를 맞으며 어둠 속을 달렸다. 끝이 없는 여행이었다. 아무 진척도 없이 이어지는 정체된 삶과도 같았다. 11년 전 그가 고국을 떠나게 만들었던 똑같은 구토감이 일었다. 영웅적이지도 낭만적이지도 않은 추방. 루드빅이 어느 날 이주를 결심한 건 일종의 정신 건강에 대한 염려 탓이었다. 긴 잠복기를 거쳐 발병하는 병처럼, 오랫동안 막연하게 마음속에서 끓고 있던 계획이 난데없이 절박한 무언가로 화하고 만 것이다. 방아쇠가 당겨진 건 어느 따스한 가을 오후 마리안스케 라즈네에서였다. 루드빅은 온천 치료를 받고 있던 한 친지를 방문하러 그곳에 들른 참이었다.

온천 치료를 받는 이들의 머리에 왕과 황제의 관, 혹은 시와 음악의 여신들이 엮은 월계관이 씌워지던 영광의 시대는 막을 내린 지 오래였다. 사람들이 그곳으로 와 바이올린과 샘물 소리를 들으며 번뇌와 마음의 고통을 치료하던 시절도 마찬가지였다. 그들은 탄산수와 로맨스와 사랑의 격정에 취했었다. 주랑과 양파 모양의 돔과 분수를 비롯해 금빛 벽토가 곳곳에 눈에 띄는 아름다운 도시에서 그들은 그곳에 감도는 건강한 송진 냄새를 허약한 폐 가득 들이마셨으며 관능적이고 우울한 열정에 정신을 잃곤 했었다. 그러나 이 굉장한 시대로부터 이제 남은 것이라고는 황폐해진 무대 장치뿐이었다. 해박한 지식의 소유자인 괴테의 조언만이 고스란히 보존되어 세심한 추종자들을 거느렸다. 즉 온천 도시에 가려면 사랑에 빠질 준비가 되어 있어야 하며, 그렇지 않으면 지루해 견딜 수 없으리라는 것. 막사에서 외출을 허락받고 나온 젊은 병사들이, 조합에서 구입한 볼썽사나운 옷을 차려입은 풋풋한 볼의 멍한 여자들 손을 어색하게 잡고 거리를 활보했다. 배불뚝이 60대 커플들은 또 한 번 맛보는 불륜의 매력에 흠뻑 젖어 공원 가로수 길에서 달콤한 밀어를 나누었다. 그런가 하면 아치형 지붕 아래선 시무룩한 얼굴의 음악가들이 통속적인 메들리곡을 연주했는데, 그 앞엔 늙은 여자들이 자리 잡고 앉아 멜로디에 더 잘 젖어들기 위해 고개를 까딱거리거나 하던 행동을 멈추고 치료용 탄산수가 채워진 사기잔을 가끔씩 입으로 가져가곤 했다. 저마다 권태를 가지고 어떻게든 해보려 했지만 그럴수록 권태는 기승을 부려 아무도 끝장을 보지 못했다. 권태는 집들의 정면을 갉아먹고 사람들의 마음을 녹슬게 했으며 대기와 빛을 부식시켰다. 온갖 연령대의 수많은 커플들이 거니는 거리와 공원을 가로질러 어슬렁거리던 루드빅은 강한 충격을 받았다. 사람들의 무기력한 얼굴엔 기쁨 없는 멍청한 미소만 흘렀고, 표정 없는 그들의 눈은 졸음으로 흐려져 있었다. 그들이 아무리 서로의 손과 허리와 어깨를 붙잡고 있어도, 키스와 미소와 은밀한 애무를 나누어도, 그곳에 마음은 와 있지 않았다. 그들의 마음은 두근대지도, 활활 타오르지도, 웃지도 않았다. 그저 공허와 무미함으로 비탄에 빠져 있었다.

오후 끝 무렵, 루드빅은 도시 근교의 한 술집을 지나갔다. 마당에 긴 테이블과 나무 벤치가 놓여 있고, 맥주가 흥건한 테이블들 위로 선명한 빛깔의 초롱이 매달려 흔들리는 곳이었다. 지직거리는 확성기를 통해, 흐르는 돼지기름을 연상시키는 저속하고 느끼한 음악이 울려 퍼졌다. 길게 늘어지는 고음의 기름진 음향에 맞추어 노인들이 춤을 추고 있었다. 맥주와 소시지 냄새로 가득한 저녁 공기에 감싸여 자두와 토마토 색깔의 초롱 아래서 그들은 오래전에 사라져 버린 젊음을 그리워하듯 어깨를 흔들며 춤을 추었다. 시끄러운 선율로 끈적끈적한 넘실대는 물결 속에서 흔들리는 물개처럼 비틀거렸다. 앉아 있던 사람들이 이 볼품없는 춤꾼들을 향해 맥주잔을 부딪치며 요란하게 박수를 쳐댔다. 다른 이들보다 더 힘겨운 모습으로 긴 춤을 추었던 커플이 우레와 같은 환호를 받았다. 숨이 턱까지 차오른 무도회의 이 두 영웅은 몹시 만족스러운 모습으로 사방에 대고 고개를 숙이며 관중에게 답한 뒤 조금 비틀대는 걸음으로 테이블로 돌아갔다. 바로 그때, 마당 철책에 팔꿈치를 기댄 채 잔치를 바라보던 루드빅은 이 두 춤꾼이 맹인임을 알아챘다. 그들의 눈은 유리알 같았고, 몸짓도 불안했다. 루드빅의 정신은 감전이라도 당한 것 같았다. 방금 전 이 굼뜬 커플은 주변을 전혀 보지 못하는 상태로 춤을 추었고, 맥주와 끈적이는 선율로 범벅이 된 밤 속에서 몸을 흔들어 댄 것이다. 산 너머로 붉은 해가 지고 숲 언저리에서 새들이 맑고 부드러운 소리로 지저귀고 있던 동안에 말이다. 그 순간 루드빅에겐 이 몽유병자 커플이 그의 나라가 겪고 있던 악 ― 정신과 취향의 쇠퇴, 마음의 빈혈증, 영혼의 실명 ― 의 화신처럼 여겨졌다. 범용이 득세하며 세심한 노력으로 사람들을 좁은 경계 안에 단단히 가두어 둠으로써 최대한 많은 이들이 이 병에 감염되게 만든 것이다. 이 커플은 모범적인 시민의 전형이었다. 거짓과 기만을 포식하고 불구가 되어버린 자유와 그런 상태에 대한 만족. 루드빅은 철책 뒤에서 몸을 세우고 발길을 돌려 잰걸음으로 시내로 돌아왔다. 그렇게 걷는 동안 이미 결심이 서 있었다. 이 나라를 떠나겠다고, 그래야 한다고, 그것도 가능한 한 빨리. 다음 달 그는 결심을 당장 실천에 옮겼다.

팔락슈 팔락슈…… 기차는 비를 맞으며 어둠 속을 달렸다. 이 여행은 진척 없이 이어지는 정체된 그의 삶을 닮아 있었다. 루드빅은 오래전 그의 나라를 떠나게 만들었던 그 구토감보다 더 심각한 메스꺼움을 느꼈다. 이번엔 병이 전도되어, 마찬가지로 음험하고 경직된 양태로 그의 내면에 자리했다. 자유를 포식하긴 했어도 이상(理想)은 불구가 되어 그는 쓰디쓴 불만족에 사로잡혀 있었다. 11년을 외국에서 보내면서 수많은 여행을 했고 다양한 직업에 종사했으며 무수한 사람을 만나고 그 중 몇몇과 우정을 나누기도 했었다. 여러 차례 사랑에 빠지기도 했는데, 한 번은 너무도 크고 열렬해 다른 사랑을 모조리 잊게 만든 사랑이었다. 그 사랑에 사로잡혀 그는 벌거숭이가 되었고, 가죽이 홀랑 벗겨진 채 혼돈에 빠지고 말았다.

에스테르가 그에게 등을 돌리고 나서 몇 달 뒤 어느 날, 그는 우연히 그녀를 다시 보게 되었다. 지하철 역에서였다. 그는 상향 에스컬레이터를, 그녀는 하향 에스컬레이터를 타고 있었다. 사람들이 앞뒤로 촘촘히 서 있어 그는 자리에서 빠져나올 수 없었다. 아니, 그곳에 그 자신뿐이었다 한들 계단 위에 선 채로 굳어버렸을 것이다. 그녀를 알아본 순간 그는 머릿속에 무슨 생각이 끼어들 새도 없이 토할 것처럼 속이 울렁거렸고 오장육부가 뒤틀리는 느낌이었다. 자신을, 특히 자신의 눈을 통제할 수 없었다. 무슨 환영처럼 우뚝 솟아 있는 그녀에게서 눈을 뗄 수 없었다. 작은 몸집의 그녀가 주변 사람들을 모조리 압도했으며 평범한 외투를 걸친 그렇게나 예사로운 모습으로 어이없는 당당함을 과시하고 있었다. 사랑하는 그의 여왕, 몹시도 불충한 여왕인 그녀가 그를 향해 내려오고 있었다. 그곳엔 그녀밖에 없었고, 그와 그녀 주변의 사람들은 온통 잿빛이고 무의미해서 투명 인간에 불과했다. 그녀가 그를 향해, 그의 위로 내려와 산 채로 그의 심장 안으로 들어왔고, 그런 부동의 자세로 모든 걸 산산조각 냈다. 그렇게 그녀는 그의 안으로, 깊디깊은 그의 광기 속으로 내려왔다. 그사이 그는 환각에 사로잡힌 채, 고개를 살짝 돌린 벽창호 같은 그녀의 얼굴을 향해 올라가고 있었다. 그를 보지 못하는 백야(白夜) 같은 그녀의 눈을 향해 올라갔다. 그가 거기 있음을 감지하지도, 대상을 분간하지도 못하는 흉한 지 같은 그녀의 심장을 향해 올라갔다. 반품된 자, 버림받은 자, 이미 잊힌 자에 불과한 그였지만 여전히 그녀를 사랑했다. 그 모든 상황에도 불구하고, 자신의 의지와 자존심과 이성을 거슬러 그녀를 사랑했다. 그녀로 인해 생겨난 혐오와 분노와 경멸에도 불구하고 어이없게도 그녀를 여전히 사랑한다는 사실 때문에 괴로웠다. 그는 공포와 비애로 정신이 나간 채, 더는 만질 수 없는 여자를 향해 사형수처럼 올라갔다. 사랑의 사막 속으로 자유 낙하하며 올라가고 있었다.

결국 그는 떠나기로, 수년 전부터 거주해 온 이 도시를 뜨기로 결심했다. 그에게 여전히 치명적인 힘을 행사하는 이 여자를 다시 보는 위험을 무릅쓰고 싶지 않았다. 어떤 환영을 좇는 개가 되는 것도, 잃어버린 환상의 노예가 되는 것도 원치 않았다. 이번엔 정신과 감정의 건강이 염려되어 그는 또다시 패주를 선언했다. 그러고 나서 고국으로의 추방이 이어졌다. 그가 떠나 있던 사이 그의 나라는 국경을 다시 열었고 주변 공기를 정화한 상태였다. 그래도 출발점으로 돌아오기란 그리 쉽지 않은 법, 특히나 이 처음의 모습이 변질되어 새로운 외관을 지니게 되었다면 말이다. 그것도 너무 성급하고 요란하게 이루어진 일이었다. 상투적인 선전 구호와 교묘한 기만이 담긴 당(黨)의 법칙이 사라진 대신, 마시멜로 맛이 나는 횡설수설과 눈속임 기술로 정의되는 돈의 법칙이 난무했다. 루드빅이 돌아온 고향엔 끊임없이 관광객들이 몰려들고 있었고, 학업을 포기한 채 예술에 대한 야심으로 꽉 찬 게으름뱅이들이 빈둥댔다. 사업가들의 뒷거래가 성행하고 각양각색의 출세지상주의자들이 강행군을 벌이는 와중에, 이 새로운 속도가 아직은 낯설기만 한 지역 주민들은 고단한 삶을 이어갔다. 결국 루드빅은 제로나 다름없는 상태에서 재출발하지 않을 수 없었다. 그래도 불평하지 않았던 건, 하루 벌어 하루 먹는 생활에 대한 탄탄한 지식을 획득해 둔 터였다. 게다가 불평하고 항의하는 인간이 되기에는 매사에, 또 스스로에 대해서도 지나치게 무심했다. 그는 번역을 하거나 기사를 써서 근근이 생계를 이어갔고, 몇몇 친구들과 어울리거나 기회 닿을 때마다 잠깐씩 여자들을 사귀는 걸로 만족했다.

그러니 고향으로 돌아온 건 맞지만 그저 껍데기만 돌아온 데 불과했다. 일찍이 자신이 좌절을 맛보았던 사랑의 사막 밖으로 한 번도 나온 적이 없었다. 열렬한 사랑 때문만은 아니었다. 그 문제라면 시간이 흐르며 결국 마음속에서 떠나보내는 데 동의했지만, 그를 집어삼킨 사막은 그보다 훨씬 넓고 막막한 지대였다. 그건 인간에 대한 사랑, 자신의 삶에 대한 사랑의 사막이었으며, 부드러움과 연민의 사막이었다. 그의 내면엔 어떤 불꽃이나 감정도, 놀라는 능력이나 욕구도 남아 있지 않았다. 천성과 습관으로 말미암은, 생생하게 살아 있는 호기심을 제외하고는 말이다. 하지만 몹시 단편적이고 피상적이며 일관성도 없는 호기심이었다. 그렇게 그는 한 대상에서 다른 대상으로 관심을 옮겨갔고, 한 에피소드에서 다른 에피소드로 비틀대며 나아갔다. 그에겐 극소수의 사람들만 견딜 만했고, 삶 역시 어쩌다 가끔씩만 견딜 만했다. 모든 영역에서 간결함을 선호하는 성격이었음에도, 한 차례 도약이 있은 다음에는 다음 차례가 오기까지 다시 우울증에 빠져들기 일쑤였다.

그날 저녁엔 모든 게 합심한 듯 그의 내면에 나지막이 깔린 권태를 극한까지 몰고 갔다. 숨 가쁘게 달리는 기차, 끈질기게 내리는 비. 스승인 브룸의 노쇠로 인해 스스로도 늙어버린 기분이었다. 어디라 꼭 집어 말할 순 없어도 고통이 느껴지는 걸로 미루어 그의 존재 한 부분이 그 병에 알게 모르게 감염되었는지도 몰랐다. 난데없이 낙담의 큰 하품이 나오며 눈에 눈물이 고였다. 그는 일어나서 굳은 다리를 펴려고 통로로 나왔다. 잠시 뒤 자리로 돌아와 앉는데, 자신이 없는 사이 맞은편 좌석에 한 승객이 자리 잡고 있었다. 그에겐 달갑지 않은 존재였다. 무슨 대화를 나눌 기분이 아니었고, 누가 곁에 있는 것조차 견딜 수 없을 지경이었다. 하지만 이 불청객은 그를 본체만체 얼굴을 창문 쪽으로 돌린 채 팔짱을 끼고 꼿꼿한 자세로 앉아 있었다. 루드빅은 변함없이 같은 페이지가 열리는 잡지를 다시 집어 들었다. 그는 짜증이 나서 페이지를 넘기며 다른 기사를 읽으려 했지만 도무지 집중이 되지 않았다.

맞은편 승객은 어둠으로 검게 물든 차창에 계속 시선을 주고 있었다. 시선이 잡지와 차창 사이를 무심코 오가던 루드빅은 남자가 차창에 비친 자신의 얼굴을 몰래 훔쳐보고 있다는 사실을 깨달았다. 루드빅 또한 담배 연기 속에 자신의 경솔한 행동을 은폐한 채 남자를 훔쳐보았다. 그러나 연기에 싸인 이런 거울 놀이로는 승객의 얼굴을 분명히 알 수 없었다. 비의 줄무늬가 진 어둠 위로 떠오른 흐릿한 황갈색 윤곽만을 포착할 수 있을 뿐이었다. 그래도 가까스로 훔쳐본 일말의 형상 속에 그의 호기심을 자아내는 무언가가 있었다. 실루엣만 보았을 뿐임에도 왠지 이 낯선 남자와 안면이 있다는 느낌이었다. 이 남자가 대체 누구를 닮은 건지는 생각해 낼 수 없었다. 물음이 갑자기 중단된 건, 기차의 흔들림과 차창을 때리는 나른한 빗소리에 곧 옅은 잠이 들었기 때문이었다. 그는 가슴팍까지 머리를 떨군 채 잠에 빠져들었다. 짧은 잠이긴 했어도, 조각난 기억들과 이 순간의 인상들로 이루어진 꿈이 그를 혼란에 빠트렸다.

그는 자신이 사는 도시를 걷고 있다. 도시의 모습이 달라지고 이상해 보이는 건, 타 도시의 건물들이 이곳 건물들과 마구 뒤섞여 있기 때문이다. 멀리 보이는 비셰흐라트 언덕 위엔 성 베드로와 성 바오로 성당의 두 종탑 대신 T 지역 성채의 탑이 솟아 있다. 베를린에 있는 유대교 회당의 잔해가 성 니콜라스 성당과 인접해 있고, 물이 고갈된 체르토브카 운하에는 고철과 자동차 뼈대 더미가 쌓여 있다. 베르사유의 라톤 분수대 조각상들과 흡사한 조각상들이 카를교 난간 위에서 얼굴을 찌푸리고 있는데, 난데없이 다리가 나무 트랩이 되더니 브르쇼비체 쪽 어느 교외로 곧장 이어진다.

이제 루드빅은 비뚤배뚤 지어진 집들이 가장자리를 따라 들어선 길을 걷는다. 집들의 정면이 금세라도 무너져 버릴 것처럼 보이는, 아무렇게나 방치된 이상한 거리다. 그럼에도 이 모든 혼돈은 흐트러짐 없이 굳건히 버틴다. 하늘과 담벼락들에 래커 칠을 한 것 같은 얼어붙은 암흑의 밤이 이 혼돈에 통일성을 부여한다. 비가 내린다. 그 무엇도 적시지 못하는 비, 메마른 싸락눈이 펑펑 내리며 땅과 지붕을 두드려대 스피넷 같은 소리를 낸다. 이 끈질긴 음악이 동네 전체로 퍼져나가며 메아리가 되어 텅 빈 거리들을 가득 메운다.

그는 이 음악에 떠밀리듯 한 술집 안으로 들어간다. 몇 계단 내려서자 천장이 낮은 넓은 홀에 이른다. 연기가 자욱해 사람들이 거기서 무얼 하고 있는지 당최 알 수 없다. 그래도 구석에 놓인 엄청나게 긴 당구대를 알아본다. 거기 깔린 초록빛 융단이 개흙과 개구리밥으로 영롱한 광채를 발한다. 몽글몽글 피어나는 안개 너머로 은빛 큐를 든 사람 몇을 얼핏 본 것 같았다. 존재하지 않는 공을 맞추려고 그들이 당구대 쪽으로 바싹 몸을 기울일 때마다 초록빛 물 융단에 반사된 얼굴이 살짝 환해진다. 개구리의 낯짝 같기도, 라톤 분수대 조각상의 얼굴 같기도 하다. 돌출된 눈을 크게 뜬 그들이 개구리처럼 입을 활짝 벌린 채 고개를 끄덕인다.

그는 이제 동그란 맥주 얼룩이 여기저기 반짝이는 짙은 색상의 목재 테이블에 앉아 있다. 맞은편엔 구형 타자기에 반쯤 가려진 한 남자가 앉아 있다. 자판 위로 몸을 기울이고 타자를 치는 남자는 솜씨가 아주 서투른데도 포기하지 않는다. 타닥타닥 자판 치는 소리가 눈에 보이지 않는 못처럼 루드빅의 몸에 잔뜩 와 박혀 그를 의자에 붙박아 놓는다. 그에게 심문의 눈길을 슬쩍슬쩍 보내는 남자는 마치 공술서를 기록하는 사람 같다. 잠시 뒤에 신경이 곤두선 루드빅이 소리를 지른다. "대체 무얼 쓰고 있죠? 나한테 아무 질문도 하지 않았고, 나도 아무 대답 안 했는데요!" 그러자 남자가 큰 소리로 말한다. "하지 않은 말이야말로 대화에 감칠맛을 주는 소금이지!" 곧이어 자리에서 벌떡 일어난 남자는 말 울음소리를 내며 발굽으로 바닥을 친다. 그 순간 루드빅은 남자의 하반신이 말이라는 걸 알아챈다. 타자를 치던 이 켄타우로스는 테이블 주위에서 뒷발질을 하면서 힝힝대며 날카롭게 계속 울어댔고, 자리를 뜨는 순간 꼬리로 루드빅의 얼굴을 세차게 후려친다.

루드빅은 소스라치며 잠에서 깨어났다. 차창에 달린 커튼이 바람에 흔들리며 그의 얼굴을 치고 있었다. 기차가 어떤 역에 멈춰선 참이었지만 차량이 승강장에서 너무 물러나 있어 역 이름을 읽을 수 없었다. 맞은편에 앉아 있던 승객은 이미 하차했는지 그가 탄 칸엔 다시 루드빅 혼자였다. 그렇게 한 시간을 더 가자 마침내 종착역이었다. 루드빅은 가방과 레인코트를 챙기려고 자리에서 일어났다. 그런데 그물 선반에 개켜둔 옷을 펼치다가 그 옷이 자기 것이 아님을 알게 되었다. 상표와 치수, 디자인, 색상이 모두 일치했지만 그의 옷은 아니었다. 구김이 잔뜩 간 이 코

트는 깃과 소매가 해지고 팔꿈치도 닳아 반들거렸으며 단추도 몇 개 떨어져 나가고 없었다. 옷단도 반쯤 뜯어진 데다 안감에 구멍이 여기저기 뚫린 것이 전체적으로 몰골이 말이 아니었다. 그래도 단춧구멍에 꽂힌 수송나물 풀줄기 하나가 이 초라한 누더기에 일말의 우아함을 가미해 주었다. 루드빅은 한 시간 전에 차에서 내린 그 승객을 곧 의심했다. 그 괴짜가 일부러 옷을 바꿔치기한 건지, 아니면 실수로 그런 건지는 알 길이 없었다. 사정이야 어찌 됐든 루드빅은 눈앞에 벌어진 참담한 상황을 두고 그 모르는 인간에게 저주를 퍼부었다. 호주머니들을 뒤져보았지만 짐작한 대로 바닥이 모두 찢겨나간 터라 그는 가슴 안주머니까지 살폈다. 거기서 잿빛 결정체 몇 개가 든 유리병 하나가 나왔는데, 병뚜껑에 붙은 작은 상표에 비엘리치카라는 소금 광산 이름이 적혀 있었다. "대단한 보물이군. 여물지 못한 금강석! 애당초 찝찝한 여행이 될 거였어!" 루드빅은 병을 열어 손바닥에 암염 조각들을 쏟으며 투덜댔다. 그는 결정체들을 바닥에 던지고 병은 쓰레기통에 버린 뒤 계속 옷을 뒤졌는데 더는 아무것도, 종이 한 장도 나오지 않았다. 결국 그는 코트 주인을 찾을 실마리를 전혀 발견하지 못한 채 코트를 좌석 위에 내던졌다.

역사를 나오는 순간에 이르러서야 잃어버린 코트 주머니 안에 넣어둔 봉투가 생각났다. 늙은 브룸이 내미는 떨리는 손을 잠시 잡은 뒤 물러서서 그곳을 떠나려던 순간 에바가 그에게 건넨 봉투였다. 보통 사이즈의 노트가 든, 큼직한 크라프트지 봉투.

"받아요, 당신께 드리는 거예요." 문지방을 나서려는 그에게 에바가 말했다.

"야힘이 느낌이나 생각을 좀 두서없이 메모해 둔 노트예요. 자신이 쓰려고 계획했던 글이나 작품의 초안이라고나 할까요. 이젠 필요 없게 됐지만요."

"당신은요? 당신이 보관할 생각은 없나요?" 루드빅이 물었다.

"없어요. 이것 말고도 수첩이며 서류며 책이 넘쳐나는걸요⋯⋯ 이건 당신이 추억으로 가지세요."

그렇게 그는 봉투를 받아 호주머니에 넣어두었지만 기차에 오른 뒤에도 열어보지 않았다. 이제 막 만나고 온 정신이 혼미한 노인을 생각하면서 마음이 언짢아 노트를 읽는 걸 나중으로 미루고 대신 미술 잡지를 들척이는 편을 택했다. 그런데 그 노트를 잃어버린 것이고, 외투를 잃은 것보다 그 때문에 더 괴로웠다. 기차에 탔던 그 승객은 물론 스스로를 향해 치미는 원망과 분노, 수치심 사이에서 그는 마음을 추스를 수 없었다. 이번에야말로 에바가 그에게 신뢰를 드러냈건만 자신이 순식간에 기대를 저버린 셈이었다. 그는 비참한 심정이 되어 뼛속까지 얼어붙은 상태로 집으로 향했다.

대면

 다음날 정오경에 루드빅은 간단한 식사를 하려고 우랄 식당에 들어갔다. 돼지고기 스튜와 양배추샐러드를 먹으면서도 그는 브룸과 노쇠에 대해, 잔인하다고 할 만큼 느리고 굴욕적인 그 종말에 대해 생각했다. '죽음이 산 자를 낚아채 가면서도 완전히 데려가지는 않는군. 시간이 분비하는 망령들……' 그는 자신의 접시에 대고 소금 통을 흔들며 생각했다. 하지만 빈 소금 통인 걸 깨닫고 파프리카 한 줌을 대신 집어넣었다. 그 순간 인부 일곱 명이 한꺼번에 들어와 그가 앉은 테이블 주위에 자리 잡았다. 루드빅은 큰 소리로 떠들어 대는 그들의 대화에 귀 기울이지 않고 노쇠에 대한 생각을 계속 이어갔다. 그러다 롤빵이 가득 담긴 바구니 쪽으로 손을 뻗는데 인부 한 명이 동시에 빵을 집으려 한 터에 큼직한 소금 알갱이들이 박힌 빵 껍질 위에서 두 사람의 손가락이 스쳤다. 루드빅이 얼른 손을 치우자 남자는 루드빅 쪽으로 빵 바구니를 밀어주며 상대가 빵을 집어 가기를 기다렸다. 동료들과 마찬가지로 기름때가 낀 푸른 작업복을 입은, 몹시 가는 체형의 젊은 남자였다. 길고 앙상한 얼굴을 한 이 남자는 빛바랜 밝은 금발을 목덜미에서 묶은 모습이었다. 턱엔 솜털 같은 수염이 듬성듬성 나고 오른쪽 귀엔 동그란 은 귀걸이가 달려 있었다. 그의 옆자리엔 팔에 문신을 새겨 넣은 동료가 앉아 있었다.

마지막 한 입을 삼킨 루드빅은 종업원을 불러 값을 치렀는데 건네받은 동전 하나가 테이블 위에서 구르다 그 젊은 인부의 맥주잔에 가 부딪쳤다. 그러자 젊은이는 야윈 손가락으로 동전을 잡더니 돌렸다. 동전은 식탁보 위에 떨어진 빵 부스러기들과 커다란 소금 알갱이들 사이에서 비틀대면서도 웬일인지 쓰러지지는 않았고, 젊은이가 손톱으로 한번 튕기자 위태로운 균형을 유지하며 악착같이 회전을 이어갔다. 어디서 새어드는지 알 수 없는 미광에 무지갯빛으로 반짝이며 식기와 맥주잔들 사이에서 빙글빙글 도는 작은 금속 도깨비불. 동전은 수차례 지그재그를 그린 뒤 루드빅 앞에서 쓰러졌다.

"앞면." 젊은이가 단조로운 목소리로 내뱉었다.

실제로 동전은 앞면이 위로 향해 있었다.

"내기를 걸었거든요. 그쪽은요?"

그렇게 말하며 담담한 표정으로 상대의 얼굴을 살피는 남자를 루드빅은 당황해서 바라보았다.

"무슨 내기죠?" 루드빅이 물었다.

상대는 대답이 없었으며, 그의 동료들 역시 모두 어깨를 으쓱하며 허공에 양손을 벌린 채 그 모호한 자세로 잠시 꼼짝하지 않았다. 루드빅은 때가 끼어 거무스레한 그들의 손톱이 아름답다는 생각을 했다. 불안과 조롱이 배어나는, 같은 높이로 들어 올린 손들도 그랬다. 다음 순간 그들의 팔이 천천히 떨어졌다. 젊은이는 여전히 표정 없는 멍한 눈으로 루드빅을 응시하고 있었다. 투명하리만큼 창백한 빛바랜 푸른 눈이 마치 소금 덩어리 안에 홍채를 깎아 넣은 것만 같았다. 테이블보 위에 흩어진 작은 알갱이들은 젊은이의 금빛 속눈썹 사이로 가랑비가 되어 내린 소금 시선 조각들이라는 느낌이 문득 들었다. 그 순간 어이없는 생각이 루드빅의 머릿속을 스쳤다. '이 젊은이의 눈물은 바닷새의 눈물이군. 동료들의 때 낀 손톱 위로 뿌려지는 눈물.' 하지만 창백하고 집요한 젊은이의 시선과 테이블 주위에 감도는 침묵에 루드빅은 곧 마음이 불편해졌다. 그래서 무의식적으로 동전을 잡아 호주머니에 넣은 뒤 일어나 그곳을 나왔다.

그는 중심가 쪽으로 다시 내려가려고 전차를 탔지만 화창한 날씨여서 도중에 내려 걸어가는 편을 택했다. 도시는 자줏빛, 진홍빛, 선명한 오렌지빛, 황갈빛의 잔치를 벌이는 중이었다. 건물들의 지붕과 돔이 나무들과 호응하며 조화를 이루었다. 바람이 이파리들을 가로채 하늘과 거리에 가득 뿌려놓으면 그 불꽃같은 이파리들, 황갈색 박편들은 때론 활기차게 때론 나른하게 빙글빙글 맴을 돌았다. 시월이 파종기를 맞고 있었다. 나무들이 사람들보다 훨씬 더 위풍당당하게 죽어간다고, 루드빅은 회오리치는 나뭇잎들 사이를 걸어가며 생각했다. 그러다 돌연 사고의 흐름이 끊겼고, 미심쩍은 얼굴로 어깨를 으쓱하며 때 낀 손톱의 손을 쳐드는 인부들의 모습이 머릿속에 불쑥 끼어들었다.

루드빅은 이리 콜라르의 작품 전시회가 열리고 있는 스톤벨하우스로 갔다. 콜라르의 시들이 오브제처럼 전시된 진열창 앞에서 잠시 서성댔다. 깊이와 입체감과 색채를 지닌, 호기심을 자아내는 시들. 기억과 마음과 생각과 꿈을 닮은, 겹겹의 층과 주름이 쌓여 이뤄진 형상시들. 조산 작용으로 탄생한 이 시들과 계통학적 이미지들은 각 층의 뿌리가 연대순과 상관없이 사방으로 엉켜 있었다. 연이어 그는 콜라주들을, 발작 상태에 든 도시의 광경들을 살펴보았다. 그곳에선 건물의 정면들이 뒤틀려 있고, 부서진 탑과 지붕들은 구름과 뒤엉켰다. 술에 취해 몸을 가누지 못하는 교회들은 웃느라 혹은 의심을 떨치지 못해 몸을 비틀어 댔으며, 몽상에 빠져 있던 교량들이 강물 속으로 거꾸러져 들어갔다.

그 무엇보다 루드빅의 호기심을 부채질한 건 이미지들의 접합이었다. 다른 그림들 안에 끼워 넣어진 조각난 그림들, 형태를 왜곡시키는 거울 놀이, 가시적 세계의 표면에 존재하는 미세한 찢김, 그리고 그 틈새로 모습을 드러내는 또 다른 조형물들. 아이러니와 멜랑콜리가 가득한 눈짓을 보내오는 그 형상들은 콜라르의 기분을 반영한 듯했고, 관람객의 관점에 따라 진지하거나 장난기가 넘치거나 에로틱하거나 사색에 잠겨 있었다. 초상화들도 있었는데, 수수께끼 같은 그 얼굴에 담긴 무언가를 루드빅 자신이 꿰뚫어 보았다는 느낌이 들기도 했다. 으깨어지거나 일그러진, 혹은 기하학적으로 해체된 얼굴들이 지닌 그 균열의 틈으로 무수한 얼굴과 몸, 경관과 장소, 건축물이 나타났다. 이마와 눈꺼풀 아래, 움푹 꺼진 뺨과 입에 펼쳐진 배후지였다.

그러다 한 초상화에서 루드빅은 모델의 얼굴만큼이나 잘게 조각난 자신의 그림자를 발견했다. 보들레르가 반사면 위로 드문드문 잘린 얼굴을 내보이며, 그 얼굴과 뒤섞인 조각난 이미지를 지나가는 이의 얼굴에다 냅다 내던졌다. "위선자인 독자여, 내 동포여, 내 형제여!" 「악의 꽃」을 읽는 개별 독자 혹은 모든 독자에게 던진 이 도전장의 시각적 반향이라고나 할까. 그러나 루드빅은 보들레르의 복잡한 고뇌 속으로 발을 들이기는커녕 그저 스스로를 상실한 자의 멍한 기분이었다. 그는 왠지 모르는 거북함에 사로잡혀 발길을 돌렸고, 쓰려고 마음먹은 기사를 염두에 두며 수첩에 메모를 하면서 관람을 이어갔다.

건물을 나왔을 땐 이미 해가 기울어 갔다. 루드빅은 자르고 구기고 조합하고 뒤섞는 콜라르식의 인식과 사고에 잠시 빠져 있었다. 그러자니 머릿속에 혼성의 이미지 하나가 떠올랐다. 가위로 도려낸 것 같은 그의 얼굴 위로 에스테르의 얼굴이 와 박히더니 그 모두가 가을 나뭇잎들의 색조 속으로 녹아들었다. 그 광경을 머릿속에서 떨쳐내며 루드빅은 지하철 쪽으로 발길을 재촉했다. 그러나 콜라르의 세계에 한참이나 지체해서인지 미혹에 빠진 그의 정신은 엉뚱한 생각의 그물, '콜라르의 주름진 지형' 속으로 얽혀 들어갔다. 그가 내린 지하철역 광장에서 한 젊은이가 광고 전단지를 나눠주고 있었다. 루드빅은 무심코 받아 든 전단지를 쓰레기통에 던져 넣기 전에 흘낏 들여다보았는데, 그 순간 광고 문구에 겹쳐 인쇄된 콜라르의 오래된 시가 눈에 들어왔다. 자신이 기억하는 줄도 모르고 있었던 시였다.

  너의 기억 속에서
    역사 속에서 찾으라
 문학 속에서 찾으라
 혼례를 치르지 않고
    죽은
  한 쌍의 연인을

 결혼청첩장을

그들 이름으로 찍어
행인들에게 나누어주라
청첩장에 쓰인
    정해진
날짜와 시간에.

  머릿속에서 이 시를 외기 무섭게 또 다른 시가 튀어나왔다. 만성절이 다가오는군, 루드빅은 문득 이런 생각을 하며 어깨를 살짝 으쓱했다. 스톤벨하우스를 방문하며 기억 속에 떠오른 시들 탓에 신경이 예민해진 그는 콜라르의 작품 전시와 관련된 기사 작성을 조금 미루기로 했다.

  드디어 만성절이었다. 영원히 과거지사가 되어버린 결혼식 청첩장들이 묘지에서 흐드러지게 피어났다. 남편과 아내, 연인, 혹은 수십 년이나 수년 전에 죽은 연인이 거하는 곳이었다. 하염없이 창백해져 가는 미소를 띤 죽은 이들의 타원형 초상사진 밑에서, 슬픔과 원한의 청첩장들이 분홍빛 도깨비불이 되어 흔들리며 타올랐다. 그러고 나자 11월의 비에 꽃과 화염이 흩어졌으며, 영원의 청첩장처럼 무덤들 사이를 지키는 이끼 낀 날개의 천사들과 대로를 헤매는 도둑고양이들만 그곳에 머물렀다.
  루드빅은 머릿속으로만 도둑질을 했다. 별 감흥을 주지 못하는 번역물에 도전하는 한편 기사 하나를 써야 했기에 아이디어와 자극을 찾아 느린 걸음으로 그곳을 헤매고 다녔다.

어느 날 아침, 루드빅은 동네 저축은행에 들어가 예금 인출 창구 쪽으로 걸어갔다. 그가 이제껏 한 번도 본 적 없는 직원이 창구 너머에 있었다. 동그랗고 매끄러운 얼굴에, 알이 두꺼운 은테 안경을 낀 남자였다. 루드빅이 자신의 예금 계좌 패스워드를 적어 건넨 신청서를 남자는 잽싸게 잡아채 흘끗 눈길을 던지더니 나지막한 소리로 중얼댔다.

"조커라! 아하……"

루드빅은 남자가 재수 없게도 개구리를 닮았다는 생각을 했다. 그 개구리가 루드빅의 계좌 상태를 확인하기 위해 컴퓨터 자판을 두드리며 묘한 독백을 늘어놓았다.

"조커라! 푸하하! 통장 이름치고는 괜찮군! 그런 이름으로 저축을 늘려갈 수 있다고 믿는 거로군! 이 타로 카드의 인물은 숫자가 아닌 이름을 지녔으니, 무한한 가능성을 향해 열려 있다고 말이야. 천만의 말씀. 숫자 없는 이 요상한 인물은 제로에 해당해서 카드 한 벌 안에 포함되지도 않거든. 조커는 그저 부랑자며, 어릿광대로 변장한 거지라고. 정신병자나 나환자처럼 목에 방울을 달고 찢어진 신발을 신고 있지. 그가 어깨에 메고 다니는 보따리 봤어? 허풍선이의 머리통만큼이나 납작하고 텅 빈 그것 말이야. 무엇

하나 쟁취할 수 없는 인간, 그게 조커야. 오히려 모조리 잃기만 할 뿐인……"

"타로엔 관심 없거든요." 루드빅이 이 경솔한 인간의 말을 멈추려고 소리를 질렀다. 하지만 상대는 들은 둥 만 둥 장광설을 이어갔다……

"조커가 잃는 게 좋은 건지 나쁜 건지는 두고 볼 일이지. 그렇게 쓸데없이 돌아다니느라 시간과 에너지를 잃는 걸까? 이봐요, 생각해 봤어요? 시간의 가치에 대해서. 아, 은행원이어서 이런 질문을 하는 건 아니에요, 절대로! 시간은 우리한테 주어진 잔돈이에요. 나중에 영원의 문으로 입장할 권리를 얻기 위해 필요한 돈 말이에요. 그러니 우리가 그걸 함부로 낭비한다는 건 통탄할 일이죠. 민들레 꽃잎을 입으로 불어 날리듯 하루하루를 그렇게 날려 보내면 곧 마음이 드러나는 법, 묵시록엔 이런 끔찍한 말들이 씌어 있어요. '보아라, 나는 도둑처럼 임하리니, 알몸으로 따라나서는 수치를 남이 보지 못하도록 옷을 갖춰 입은 자는 복되도다!'*"

"묵시록이든 타로든 난 관심 없습니다." 루드빅이 소리쳤다. "난 여기 돈을 찾으러 온 거지 설교를 들으러 온 게 아니에요!"

"좀 더 들어봐요." 개구리 남자가 자판에서 눈을 떼지 않은 채 더한층 알쏭달쏭한 말들을 이어갔다. "조커, 재수

* 요한묵시록 16장 15절.

없는 도깨비불. 그렇긴 해도 그의 광기는 양날의 검이에요. 소금처럼 부식과 정화의 기능을 동시에 지니거든요. 그 부랑자의 노란 모자 끝에 뭐가 달렸는지 봤어요? 그건 방울도 방울 술도 아닌, 작고 붉은 원반이라고요. 그게 아니면 저무는 해나 가을 해, 사월의 붉은 달 혹은 불타는 행성일까요? 조커의 머리통 뒤에서 붉게 타오르는 이 작은 천체는 그에게 남은 이성의 마지막 불똥이고, 의식의 마지막 잉걸불이에요. 큰불을 다시 일으키는 덴 그거면 충분하죠. 그렇다면 모든 걸 잃은 건 아니에요. 자신의 과거와 소유물을 몽땅 무(無)로 돌렸으니, 예측도 기대도 불가능한 무언가를 맞을 준비가 되어 있답니다. 영원을 맞을 준비가요. 그래요, 그렇게 떠난다면 신이 날 겁니다. 무한을 향한 갈망과 가난에 구멍 뚫린 가슴으로, 빈털터리가 되어, 얼굴에 바람을 맞으며 간다는 건 말이에요. 세상의 모든 우회로를 따라 떠나고 또 떠나며, 수풀 속의 돌과 가시덤불 사이로 길을 열어간다는 건……"

"나도 이젠 가야 해요. 바쁘거든요!" 루드빅이 창구 유리를 주먹으로 두드리며 말했다. "거의 끝나 갑니다." 상대는 이렇게 말하며 점점 더 들뜬 몸짓으로 컴퓨터 자판을 쳤는데 아무 자판이나 마구 두드려 댄다는 인상을 주었다. 남자가 끈질기게 말을 이어갔다. "자, 이제 조커가 불쑥 나타나 공간을 탐하는 눈빛으로 여왕들을 폐위하고 왕들을 저지하는군요. 이 무례한 어릿광대는 권세가들의 흰 담비 외투를 바람으로 감치는가 하면 왕의 주홍빛 외투를 하얗게 표백하고 그 왕관에 대고는 엉덩이를 내밀죠. 그는 팽창계수여서, 세상의 부와 영광의 덧없음을, 모든 권력의 기만을 폭로한답니다. 빈 가죽 부대처럼 그것들을 잔뜩 부풀려서는 말이죠. 이 경우 조커는 현자요, 계시를 받은 자죠. 선생님도 이런 의미에서 조커라는 이름을 통장 패스워드로 원한 건가요?"

이번에도 그는 루드빅의 답변을 기다리지 않았고 화음을 짚듯 열 손가락으로 자판을 두드려 댔다. 그러더니 앉아 있던 의자를 홱 돌려 칸막이 선반에서 지폐 몇 장을 꺼냈으며 연이어 창구 쪽으로 다가앉아서는 창유리에 그 개구리 얼굴을 바싹 갖다 댔다. 매끈하게 뒤로 넘겨 빗은 그의 머리는 산패한 버터색이었다.

"자, 돈 받으세요." 그가 창구 밖으로 지폐 몇 장을 불쑥 내밀며 말했다. 그 순간 루드빅은 길고 뾰족한 그의 손톱에 눈길이 갔다. 작고 통통한 손가락에 비해 지나치게 긴 손톱. 루드빅은 욕설을 내뱉고 싶었지만, 그러다 상대의 입에서 어리석은 말들이 또 쏟아져 나올까 봐 그만두었다. 그렇게 그는 말없이 지폐를 받아 액수를 확인했는데, 바퀴 달린 의자에 앉아 있던 남자가 갑자기 몸을 돌리더니 두 발로 바닥을 치며 자신의 수조 밖으로 냅다 뛰쳐나오면서 소리를 질렀다. "시원한 바람아, 황야에 불어라!" 루드빅이 고개를 드는 순간 의자 등판이 눈에 띄었고 그 위로 숱이 적은 머리털을 우스꽝스럽게 뒤로 묶은 크고 둥근 뒤통수가 보였다. '올챙이 꼬리다!' 루드빅은 진저리를 치며 생각했다.

집으로 돌아올 즈음, 루드빅은 이미 그 사건에 대해 잊고 있었다. "시원한 바람아, 황야에 불어라." 이 외침만 간간이 머릿속에 떠올랐다. 어이없는 일이긴 했어도 그 돌풍이 그의 기분을 북돋아 주었다. 실제로 루드빅은 오랜만에 활기찬 기분으로 일에 임했다. 번역할 책의 한 챕터를 해결했고, 잇달아 콜라르와 그의 예술에 관해서도 몇 마디 작성했다. 가시적 세계의 자명한 이치들을 박살 내고, 누구나 아는 익숙한 그림들에 기이한 틈새를 벌려놓는 예술, 우리가 안다고 믿었던 것을 특이한 방식으로 재고하게 만들고, 우리의 동공 깊숙이 잠들어 있는 것을 다시 보게끔 하는 예술이었다.

가시적 세계의 사면에서 콜라르가 펼쳐놓은 미로 속을 그가 아직 탐색하고 있을 때 전화벨 소리가 울렸다. 에바였다. 그녀는 삼촌이 지난주에 또 한 차례 발작을 일으켰다는 사실을 알려왔다.

"몸이 몹시 쇠약해지셨어요. 음식을 들 기력도 생각도 없고, 숨쉬기도 어려워졌고요."

루드빅은 무슨 말을 하면 좋을지 몰라 T로 다시 가겠다고 했지만 별 의미 없는 말이었다.

"고마운 말이네요." 에바가 맞받았다. "하지만 방문객을 맞을 시기는 지났는지도 몰라요. 이젠 삼촌이 사람들을 정말로 보고 있는 것 같지 않거든요. 적어도 우리 다른 사람들이 보는 방식으로는 말이죠. 만사를 투명하게 직시하고 계세요."

"투명하게요?"

"네," 에바가 말을 이었다. "누가 얼굴을 바싹 가까이 대고 말을 해도 삼촌의 눈은 허공만 헤매고 있어요. 무얼 잡으려는 듯, 아니면 반쯤 지워진 텍스트의 글귀를 쫓으려는 듯, 허공에 대고 천천히 손짓을 하고요."

'텍스트'라는 말에 루드빅은 움찔했다. 기차에서 일어난 사건이 떠올랐다. 그 노트와 관련해 에바가 무슨 질문을 해올까 봐 겁이 나 대화에 귀 기울였고, 좀 무겁고 걱정스러운 마음으로 수화기를 내려놓았다. 예전에 브룸이 이야기를 할 때마다 느린 제스처로 문장에 리듬을 부여하며 일정한 단어들을 강조했던 사실이 기억났다. 어떤 텍스트를 읽거나 난데없이 머릿속에 슬그머니 떠오르는 시를 암송할 때면 브룸은 가는 손가락으로 매 행에 박자를 부여하곤 했었다. 언젠가 수업 시간에 브룸이 노발리스의 「밤에 부치는 찬가」를 길게 언급한 뒤 릴케의 「밤에 부치는 시」로 넘어간 적이 있었다. 칠흑 같은 밤의 노래에 이어진 또 다른 밤의 노래였다. 숨결의 짜임새가 그대로 드러나는 장중한 목소리로 그가 어떤 구절을 읊을 때 루드빅은 브룸의 손끝에서 몇몇 단어들이 반짝이는 걸 본 듯싶었다. 창문으로 새어드는 먼지 같은 빛의 입자들 속에서 떨리는 음들을 감지한 것 같은 느낌이었다.

꿈은 네 어깨에서 떨어지는 화려한 비단 옷자락이다
꿈은 한 그루 나무며 찰나의 한 광채, 어떤 목소리다;
네 안에서 시작하고 마무리되는 어떤 느낌은
꿈이며; 네 눈을 들여다보는 한 마리 동물은
꿈이고; 너를 향유하는 천사는
꿈이다. 꿈은 네 느낌 속으로 천천히
떨어지는 단어다. 네 머리칼에 달라붙는
꽃잎처럼: 혼란에 빠져 반짝이는 나른한 모습,
그저 양손을 들어 올리기만 해도 꿈은 여전히 오나니,
공처럼 손안에 떨어진다;
모두가, 거의 모두가, 꿈을 꾼다,
                그런데 네가, 그 모두를 짊어진다.

그날은 모두가, 빛줄기 속 먼지 알갱이들마저도, 꿈을 꾸는 행위에 몰두해 있었다. 특히 육신이며 숨결인 브룸의 존재 전체가 그랬다. 사물의 질료, 흐르는 공기, 시간의 직조와 몹시도 부드럽고 모호하게 결합된 꿈의 신비가 사방에 섬광과 떨림으로 내려앉아 있었다.

그 모두가 브룸 안에 가득 내재되어 있었다. 세상의 웅성임과 시간의 움직임, 밝은 햇빛의 소용돌이, 밤을 가로지르는 한없이 느린 소용돌이가 그랬다. 침묵을 몹시도 부추기고 강조했던 그였건만 더는 어쩔 수 없게 되어, 이젠 그 모두가 그를 짊어져야 할 터. 짚으로 만든 뗏목에 그를 태워, 보이지 않는 세계의 한없이 투명한 먼바다로 데려가야만 했다. 루드빅은 그렇게 믿고 싶었을 것이다.

첫눈이 내렸지만 금세 녹아버렸으며 대신 추위가 단단히 자리 잡았다. 나무들은 잎이 모두 떨어지고 행인들은 두꺼운 외투로 몸을 감쌌다. 한쪽은 진회색의 꼼짝 않는 자세였고 다른 한쪽은 붉은 얼굴로 발길을 재촉했는데, 이번에도 루드빅은 전자에게서 탁월한 품위를 알아보았다. 그런 생각을 하던 어느 날 그의 머릿속에 생뚱맞은 이미지 하나가 떠오르며 사고의 흐름을 가로막았다. 별것 아닌 이미지, 열 손가락을 동시에 사용해 컴퓨터 자판을 두드려대면서 자신의 요설에 마침표를 찍었던 그 저축은행 개구리의 이미지였다.

바로 그날, 그가 오리 머리 모양의 나무 손잡이가 달린 커다란 검은 우산을 들고 전차를 기다리는데 한 젊은이가 달려왔다. 그의 곁으로 바싹 다가선 젊은이는 전차가 올 때까지 우산을 같이 써도 되겠는지 물었다.

"비를 맞는 게 싫어서 그러는 게 아니고요." 우산 속으로 뛰어든 상대는 빗물을 뚝뚝 흘리며 말했다. "제 꽃을 보호해야 하거든요. 아주 연약한 꽃이라 녹아버릴 수 있어서……"

루드빅이 눈썹을 추켜세우자 젊은이는 빛바랜 베이지색 파카를 열어 그 안에 소중히 품고 있던 용해성 꽃을 살짝 보여주었다. 이상한 꽃이었다. 반투명한 잿빛 꽃잎은 일그러진 채 잔뜩 부풀어 있고, 유리 줄기엔 들쭉날쭉한 모양의 이파리들과 뾰족뾰족한 가시가 달려 있었다.

"소금 장미예요." 젊은이가 활짝 웃어 보이며 말했다. "꽃을 피우는 데 여러 주 걸렸답니다. 아름답지 않나요?"

"아, 네, 네……" 루드빅은 귀를 긁적이며 동의했다.

남자는 품 안에서 소금 장미를 꺼내 루드빅의 눈앞에서 천천히 돌렸다.

"뼈대는 철사예요. 제가 그걸 실로 감아서 소금물을 가득 채운 냄비 속에 모두 담갔죠. 하나하나 순서대로 했어요. 화관을 먼저 담그고 그다음엔 줄기, 하는 식으로요. 아름답죠?"

"그러네요, 그래요……"

그러나 상대는 루드빅의 의사엔 별 관심이 없어 보였고 질문을 한다기보다 감탄을 연발한다는 편이 옳았다. 자신의 장미를 루드빅의 코앞에서 빙글빙글 돌려가며 음미하면서 그가 말을 이었다.

"수분이 증발하며 탄생한 장미여서 거센 빗줄기엔 죽고 말 겁니다. 꽃들은 폭력을 좋아하지 않거든요. 제 장미는 아주 느리게 탄생했고 인내 속에서 꽃을 피웠어요."

"그런데 자신의 장미가 그토록 걱정된다면서 왜 이런 폭우 속에 외출을 했죠?"

"아, 그건요, 장미와 저 사이의 비밀입니다! 때가 닥치면 서둘러야 하니까요."

"그건 그렇죠."

루드빅은 이렇게 동의하면서도, 머리가 살짝 돈 인간을 상대하고 있음을 확신했다. 하지만 이런 유의 괴짜들이 때론 불쾌하지 않았기에 그는 빗줄기가 미친 듯이 두드려 대는 우산 속에서 대화를 이어갔다.

"그러니까 갑자기 다급한 일이 생겼단 말이죠?"

상대는 곧바로 대답을 하는 대신 고개를 갸우뚱하며 처량하고 지친 표정을 짓더니 장미를 들지 않은 손가락 끝으로 잠시 자신의 입술을 토닥였다. 손톱을 물어뜯었는지 주변 살갗이 심하게 벗겨져 있었다.

"아뇨, 그렇진 않아요. 갑자기는 아니에요." 마침내 그가 말했다. "오래전부터 그랬으니까요. 하지만 상황이 예기치 않게 다급해지는 거죠. 빛과 인내를 똑같이 먹고 자라는 장미는 시간의 미미한 수수께끼들에도 아주 섬세하고 예리한 감각을 지녔거든요. 부주의한 사람들은 못 보고 지나치거나 운명의 장난이라 여기겠지만요. 하지만 운명은 사람들이 믿고 싶어 하는 것처럼 그렇게 일관성이 없거나 제멋대로가 아니랍니다. 식물 장미만큼이나 소금 장미도 그 사실을, 더 잘 안다고는 못 해도 알고 있어요."

"정확히 무얼 안다는 거죠?"

그러자 갑자기 젊은이의 안색과 말투가 딱딱하고 다소 신경질적으로 변했다.

"무얼 아냐고요? 그거야 당신이 알아내야죠! 따지고 보면 당신도 먼 과거, 최초의 바다 한복판에 자리한 기억을 공유하고 있으니까요. 생각을 좀 거슬러 올라가 보세요. 고정 관념이나 과대평가된 관념, 엉터리이기까지 한 관념의 틀 너머로 말이죠. 미처 생각지 못한 것들의 영역 속에서 한번 도전해 보세요…… 아, 제가 탈 전차가 오네요!"

그는 루드빅을 거기 세워둔 채 자신의 장미를 파카 안 가슴팍에 다시 묻고 맨 앞 차량 속으로 사라졌다. 루드빅은 신중을 기해 끄트머리 차량에 올랐다. 살짝 머리가 돈 자들의 일탈이야 나쁘지 않지만 완전히 맛이 가버린 자들이라면 사정이 달랐다. 그러자 저축은행에서 있었던 사건이 다시 떠올라, 미친 인간들이 무슨 전염병처럼 이 도시에 퍼져나가고 있는 게 아닌가 싶었다. 얼마 전에 보았던 이상한 개구리 남자와 소금 장미에 열광하는 이 젊은이 사이엔 분명 어떤 유사점이 있었다. 그러나 그 점에 골몰하는 대신 생각이 돌연 달갑지 않은 기억들 쪽으로 옮아갔다. 이번에도 에스테르였다. 장미는 그녀가 좋아한 꽃이었다. 한때 그녀는 루드빅이 준 장미꽃들 중 가장 아름다운 걸 골라 말리곤 했었다. 그렇게 말린 꽃들로 그녀가 만든 꽃다발은 줄기가 가늘고 메말라 있었으며, 꽃잎도 여차하면 바스러질 듯했다. 가끔씩 떨어져 나오는 꽃잎들은 곤충의 연노란 혹은 검붉은 앞날개 같았다. 아니면 죽은 손톱 같기도, 너무 오래 곱씹은 어떤 꿈을 품느라 지친 눈꺼풀 같기도 했다. 에스테르 역시 어느 날 그렇게 지치고 말았다. 그녀는 죽은 장미 다발을, 그들 사랑의 어여쁜 미라를 내다 버렸다. 그 꿈이 마모되어 부서지고, 향이 변질되고, 기억이 부인된 사랑이었다. 루드빅은 추억을 몰아내고 악몽을 떨치려고 머리를 흔들었다.

눈이 다시 내렸다. 이번엔 한결 세차고 끈질기게 내리는 함박눈이었다. 도시는 화려한 겨울 단장을 하고 성탄절을 맞을 준비를 하고 있었다.

그런데 브룸은? 어느 날 아침, 거리로 나서던 루드빅은 불쑥 걱정이 되었다. 눈 덮인 나뭇가지들에 반사된 빛이 그간 루드빅이 등한시했던 뇌 한구석을 환히 밝혀놓은 것 같았다. 그는 망설이다 에바에게 전화해 보기로 결심했다. 그녀는 삼촌이 서서히 기력을 잃어가고 있으며, 의사들의 소견대로라면 더는 기대할 게 없다는 말을 전했다. 의사들은 브룸이 아직 살아 있다는 사실만으로도 놀라워한다고. 브룸은 때로 놀라운 에너지를 분출하며 자리에서 몸을 일으켜 세우고 또렷한 목소리로 몇 마디 내뱉기도 했는데,

그들은 임종을 맞은 이 노인이 어디서 그런 저항의 힘을 퍼 올리는지 이해하지 못한다고. 그러고 나서 에바는 더한 층 모호한 말을 덧붙였다. "의사들은 삼촌을 보며 줄곧 놀라움을 금치 못하고 있어요. 해방의 시간이 그들 생각만큼 임박해 있지 않거든요. 삼촌은 그날까지 버틸 거예요." 그날이라면 무슨 날을 의미하는지 루드빅이 물었지만, 그녀는 더 알쏭달쏭한 답변만을 내놓았다. "거꾸로, 먼먼 역사 속으로 거슬러 올라가는 날이죠." 그는 질문을 계속할 수 없었다. 브룸이 이 문제에 대해 무슨 언급을 해두었을 수도 있는 그 노트 이야기를 에바가 꺼낼까 봐 두려워서였다. 결국 그는 뭐가 뭔지 모르는 혼란스러운 상태로 남게 되었다.

연하장들이 루드빅의 우편함 속으로 미끄러져 들어오기 시작했다. 뒷면에 갈겨쓴 메시지도 그림도 이해되지 않는 연하장도 한 장 있었다. 사실 무슨 그림이랄 것도 없었다. 유백색 얼룩이라고나 할까. 쏟아져 고여 군데군데 주름이 지고 누렇게 응고된 우유 같았다. 세피아색 잉크로 되는 대로 갈겨쓴 몇 줄의 텍스트 또한 모호하기는 마찬가지였다. 인사말을 담은 문구들은 얼추 비슷하기에, 루드빅은 마구 흘려 쓴 이 글을 해독하려는 노력조차 하지 않았다. 판독이 완전히 불가능한 서명은 무슨 지진파처럼 보였다. 그는 연하장을 손에 들고 부채처럼 부치면서 지인들

가운데 누가 그런 악필인지 따져보았다. 하지만 헛수고여서 결국 포기하고 말았으며 연하장을 선반 위에 올려두고는 곧 잊어버렸다.

번역 작업은 여전히 지지부진했다. 책의 저자는 프라하의 마하랄인 랍비 뢰브에 대해 자주 언급했는데, 루드빅은 이 인물의 수수께끼 같은 면모를 둘러싸고 형성된 전설들만 알고 있었지 그 환상적인 이미지 이면에 거대하고도 모호한 양태로 펼쳐진 그의 사고와 작품에 대해서는 아는 바가 전혀 없었다. 번역을 하다 난관에 봉착할 때마다 그는 나중에 도서관에서 자료를 수집할 작정으로 수첩에 해당 문장들을 기록해 두었다. 그러면서 클레멘티눔 도서관 열람실에 남아 온종일 연구에 집중했던 젊은 시절의 한때를 떠올렸다.

미처 깨닫지 못한 사이 성탄절이 지나가 버렸다. 성탄절 저녁에 그는 한 카페에 남아 당구를 쳤다. 그가 몰두하는 유일한 게임, 침묵과 고독을 좋아하는 그의 성향과 놀랄 만큼 맞아떨어지는 게임이었다. 긴 승부를 혼자 치른 뒤 카페를 나왔을 땐 거리에 인적이 끊기고 아파트 창문마다 불이 환히 들어와 있었다. 한 광장에 이르자 그 한복판에 자리한 성당에서 사람들이 계단을 떼 지어 내려오는 모습이 보였다. 성당의 열린 문에서 쏟아져 나오는 진노란 빛이 신자들을 모두 광장 쪽으로 내몬다는 인상을 주었다.

광장 사이로 난 좁은 빙판길을 사람들이 비틀대거나 춤추는 듯한 잰걸음으로 걷는 동안 광장 잔디밭이 돌비늘 같은 눈으로 아롱거렸다. 루드빅은 브룸 생각을 했다. 의사들의 호기심 어린 눈길을 받으며 병상에 누운 그는 어떤 꿈속으로 표류해 들어가고 있는 걸까? 유년기로 되돌아가는 중일까? 버림받은 유년기의 어떤 좌절, 어떤 헐벗음을 견뎌야 하는 걸까? 거꾸로 된 성탄, 장소가 뒤바뀐 성탄이었다. 이번엔 베들레헴이 아닌 겟세마니가 그 무대였으니까.

그는 집으로 돌아왔다. 잠들기 전 수첩에 적어둔 메모들을 훑어본 뒤 잠시 컴퓨터 앞에 앉아 이미 번역한 두 챕터를 다시 검토했는데 아직 공백으로 남아 있는 구절들도 몇몇 있었다. 랍비 뢰브가 은연중에 각인되어 있는, 애초에 루드빅이 생각했던 것보다 훨씬 까다로운 텍스트였다. 자리에서 일어서던 그는 선반 위에 올려두었던 어슴푸레한 연하장에 시선이 갔다. 그렇게 햇빛이 아닌 전등불 아래서 들여다보니 모습이 조금 달라 보였고, 그림의 흰 톤이 처음 보았을 때와 달리 좀 더 미묘한 느낌으로 와닿았다. 왼쪽에 보이는 희미한 형체들은 덧칠을 한 것처럼 아이보리색과 달걀 껍데기색 사이에서 눈에 띄지 않는 변조를 이루었다. 그는 연하장을 쓰레기통에 던져 넣을까 망설이다가 원래 있던 자리에 도로 올려두었다.

그는 새해 첫날 저녁을 몇몇 친구들과 함께 보냈다. 그

중 한 친구가 성탄절에 부모님이 계시는 슬로바키아에 갔다가 들은 이야기라며 아주 이상한 일화 하나를 들려주었다.

수년 전부터 마을 사람들이 분노를 주체하지 못하면서 속수무책으로 확인해야 했던 사실이 하나 있었으니, 시신을 매장하는 날 무덤에 놓이는 화관과 꽃다발의 리본이 몽땅 사라진다는 것이었다. 장례식 다음 날이면 그 리본들이 하나도 남아 있지 않았다. 그래도 도둑이 완전히 몰염치한 인간은 아닌 듯싶었다. 생화든 조화든 꽃은 무덤 위에 가지런히 놓아두었고, 영원한 아쉬움이 수 놓인 아름다운 리본들만 빼돌렸기 때문이다. 그러나 오래된 묘지를 돌보는, 숄을 두른 무녀(巫女)들에겐 이 일이 범죄며 신성모독과 다름없어서 그들은 이 도둑을, 파렴치한 짓을, 악마를 규탄했다. 고인과 상을 당한 가족에 대고 누가 그런 끈질긴 모욕을 일삼는 건지 자신 있게 말할 수 있는 사람은 없었다. 피와 살을 지닌 악당일까, 아니면 어떤 악령일까? 대체 무슨 변태적인 의도나 사악한 계획이 있기에 이 리본들을 훔쳐 가는 걸까? 사람들은 망을 보고 덫을 놓았지만 모두 허사였다. 독실한 노파들이 경각심을 발휘해 사제에게 묘지 구내에 와서 구마 기도를 올려달라고 요청한 적도 있었다. 그 도둑질은 악마의 소행일 수 있는 데다, 비명횡사한 죄인의 길 잃은 영혼이 사후(死後)의 고통을 보복하는 것일 수도 있었기 때문이다. 살아생전 정직했던 인간들의 무덤에 바쳐진 경건한 생각들을 슬쩍하는 식으로 말이다. 하지만 아무 소용없었다. 도둑질은 계속되었다.

그러다 지난 성탄절에야 마침내 의문이 풀렸다. 신자들이 아침 기도회를 마치고 모두 집으로 돌아가는데 평범한 아낙인 뚱보 루드밀라가 빙판길에서 미끄러진 것이다. 그렇게 엉덩방아를 찧는 바람에 그녀가 입고 있던 치마가 턱까지 올라갔고, 주변에서 함께 걸음을 재촉하던 아낙들의 눈앞에서 수수께끼가 풀렸다. 루드밀라의 속치마가 예의 사라진 리본들로 온통 장식되어 있었던 것. 아무도 들춰 볼 생각을 못 했을 그녀의 속옷에 그 리본들이 정교하게 덧대어져 있었다. 그러니까 수년 전부터 아무도 모르게 루드밀라는 영원한 회한과 서정적인 슬픔으로 장식된 속치마로 엉덩이를 따듯이 감싸고 다녔던 것이다. 그런 식으로 그녀는 우수 어린 기쁨에 가득 차 죽음의 감미로운 비밀을 품을 수 있었고, 속옷이 바스락대는 소리를 들으며 비탄의 한숨과 흐르는 눈물과 저세상의 속삭임을 홀로 감지한 것이다. 하지만 죽은 자들과 나누었던 다정한 밀담은 그 치명적인 사건으로 인해 끝이 났고, 거룩한 분노에 사로잡힌 다른 아낙들이 그녀의 불경한 속치마를 잡아챘다. 그리하여 불쌍한 루드밀라의 엉덩이는 이제 조롱거리가 되고 그녀의 마음속엔 찬바람이 불었다.

이 희비극적인 이야기가 루드빅의 원기를 북돋워 주었다. 얼마 전부터 그의 정신 속에 끼어든 불안한 생각들과 막연한 의혹들을 루드밀라의 속치마가 지워낸 게 아닌가 싶었다. 아무 일도 없다는 듯 주변에서 짜여가는 이 모든 유사(類似) 신비들이 사실은 하찮고 가소로운 무엇인지도 몰랐다. 사라지는 장례의 리본들에 그토록 오래 후광을 부여한 그 신비만큼이나 말이다.

계량기가 돌아가며 세기의 숫자판에 수 하나가 더해졌다. 익명으로 남은 연하장은 선반 위에서 여전히 흰빛을 발하고 있었다. 긴 시간 컴퓨터 앞에서 번역 중인 책과 힘겹게 씨름을 벌이던 루드빅은 피로한 눈을 화면에서 들 때마다 그 유백색 직사각형 물체에 시선이 가곤 했다. 그때마다 피로가 가셨으니, 그건 구름 낀 허공을 향해 열린 일종의 작은 창이었다. 간혹 소용돌이치는 형태들이 떠올랐지만 너무도 섬세하고 손에 잡히지 않아 자신이 그것들을 정말로 보고 있는지 확신할 수 없었다.

어느 아침 그는 랍비 뢰브와 관련된 정보를 얻으러 도서관에 가서 책을 열람했다. 그의 비망록은 부지런히 짜나간 거미줄의 모습을 갖추어 가기 시작했지만 일목요연한 정리는 아직 요원한 일이었다.

오후 한 시, 그가 클레멘티눔 안마당을 나선 순간 갑자기 하늘에 구름이 걷히며 갑오징어 뼈처럼 새하얀 해가 중천에서 눈부신 빛을 발했다. 난데없는 빛의 범람으로 하늘이 파래지고 지붕마다 쌓인 눈이 반짝였다. 시청 모퉁이에 세워진 랍비 뢰브의 조각상 역시 서리로 뒤덮인 채 반짝였다. 기댈 곳을 찾는 꽃대처럼 그의 옆구리에 올라붙은 가녀린 나신의 소녀. 그 뺨과 머리털, 휘어진 허리의 파인 곳에 쌓여 있던 눈이 녹아 그녀의 상체와 엉덩이, 넓적다리를 타고 흘러내렸다. 헤엄치던 여인이 기력이 다해 더 이상 버티지 못하고 심연을 향해 서서히 수직으로 미끄러져 내리는 모습 같았다. 깊은 바다의 침묵과 어둠 속으로 돌아가는, 거품에 뒤덮인 물의 요정이랄지. 마하랄의 물결치는 거대한 수염은 은빛 미역 같고 랍비 자신은 북극 바다의 정령처럼 보였다.

도시의 경관과 온전한 일체를 이루는 조각상인지라 루드빅은 그 곁을 지나다니면서도 별 주의를 기울이지 않았지만 이번엔 평소보다 오래 조각상을 바라보았다.

얼마 전부터 루드빅은 그 위대한 랍비로 인해 골머리를 앓고 있었다. 랍비 뢰브의 중요한 저술인 『망명의 우물』을 읽는 데 몰두하기도 했었다. 이제 라디슬라프 살론의 조각상을 마주한 그는 최근에 읽은 「다섯 번째 우물」 챕터의 시작 부분에 생각이 미쳤다.

다섯 번째 우물에 깊은 바다가 있고;
그 깊은 곳에 보석들이 박혀 있어,
헤엄칠 수 있는 자들은 거기서 진주를 채취했다.
급류의 반드레한 자갈 같기도

먼 나라의 돌과 흙덩이를 닮기도 한 보석들.
하지만 세상 끝까지 빛을 전하는
섬광처럼 반짝이는 보석들이다.

마하랄과 그의 팔에 매달린 어린 물의 요정은 그렇게 얼어붙은 깊은 바다에서 온 자들이었다. 그는 급류가 날라온 암석이었고, 그녀는 그 암석에 감긴 수초였다.

거친 주름투성이 돌덩이인 그는 지식을 길어오고 지혜를 연마한 세월의 밑바닥에서 빛을 발했고, 그의 몸에 감기는 여린 줄기인 그녀는 잠을 길어오고 광기를 연마한 태곳적 시간의 밑바닥에서 빛을 발했다.

그러나 하늘은 다시 구름에 덮였고, 그늘 속에 든 조각상은 납빛이 되어 벽감 속에서 몸을 웅크리는 듯했다. 헐렁한 옷에 감싸인 마하랄의 기다란 몸에선 물기운이 전혀 느껴지지 않았다. 어둡고 묵직한 질료만이, 형상을 다시 부여받을 필요가 있다는 듯 다가왔다. 마하랄의 텍스트들 역시 그런 난해하고 모호한 모습으로 루드빅에게 계속 다가올 것이었다.

그는 그 길로 동네를 한 바퀴 돌고 나서 한 술집으로 들어갔다. 실내가 시끄럽고 담배 연기로 가득 차 있었다. 그는 카운터에서 맥주 한 잔을 주문했다. 종업원이 그에게 건넬 조끼를 씻는 사이 카운터 앞에 선 채로 술을 마시던 남자가 슬리보비츠 브랜디가 가득 담긴 자신의 잔을 루드빅을 향해 천천히 들어 올렸다. 장소에 어울리지 않는 우아한 복장을 한 오십 대 남자였다. 섬세한 가죽장갑에다 챙이 넓은 펠트 모자까지 갖춘 남자는, 외투와 목도리를 포함해 모두 진회색으로 차려입고 있었다.

"가스파르를 위해!" 그가 잔을 들고 외치더니 술잔을 단숨에 비웠다.

무슨 가스파르를 의미하는지 루드빅은 이해하지 못한 채 자신의 술잔을 비우면서 그저 짧게 고개를 끄덕이며 건배에 답했다. 우아한 복장의 남자가 혀를 차며 술잔을 쨍그랑, 카운터에 놓더니 종업원에게 술을 다시 따르라는 신호를 보냈다. 눈꺼풀과 뚱뚱한 배, 콧수염마저 아래로 처진 종업원이 거품이 흐르는 조끼를 루드빅 쪽으로 내밀었고 진회색 복장의 남자 잔에도 브랜디를 다시 따랐다. 남자는 방금 전의 동작을 되풀이하면서 이번에는 "멜키오르를 위해!" 하고 외쳤다. 이번에도 술잔을 단숨에 들이켠 그는 이제 세 번째 술을 말없이 청했다.

'동방박사가 셋밖에 없어 다행이군. 목동들을 위해서도 건배하지만 않는다면 말이야.' 마침내 상황을 파악한 루드빅은 마음속으로 생각했다. "발타사르를 위해!" 상대는 하던 수작을 이어갔고, 마지막 잔 역시 단숨에 비운 다음 뒤집어서 카운터에 올려놓았다. 왕의 순행(巡幸)이 끝난 것이다.

"이런 걸 두고 공현절을 기린다고 하죠!"

종업원이 이렇게 말하며 빈정대는 미소를 머금자 빽빽한 팔자 콧수염의 균형에 한순간 균열이 갔다. 싱크대에 양손을 다시 팔뚝까지 담근 종업원은 술꾼인 왕에게서 이미 관심이 떠나 있었다. 술꾼 왕이 루드빅에게 조금 다가서며 말을 붙였다.

"난 언제나 세 동방박사 이야길 좋아했어요. 하지만 그들 이야기엔 뭔가 혼란스러운 점이 있었지. 그들이 아기 예수 앞에 와서 엎드렸을 때 왜 황금과 유향과 몰약만 바쳤는지 말이야."

"브랜디는 몰랐을 테니까요." 루드빅이 맥주를 홀짝이며 받아쳤다.

"그건 아니야, 당신도 알다시피. 생각 좀 해봐요. 그들은 금을 바친단 말씀이야. 광물성 빛이며 응결된 태양의 눈물. 불이 서서히 타올라 작용해야만 놀라운 효능을 퍼뜨리는 향기로운 수지도 있고 말이야. 그런데 불과 관련된, 맛과 정화 능력이 뛰어난 물질이 또 하나 있어요."

"글쎄요." 루드빅은 갑자기 수세에 몰린 느낌이었다. 그러자 상대가 말을 이었다.

"소금이야! 물에서 해방된 불, 땅의 신비로운 동굴들에서 채취한 순수한 빛의 알갱이. 그런데 이 보물을 동방박사들은 바치지 않았단 말이지. 왜 그랬을까? 그 때문에 난 오랫동안 머리를 쥐어짜야 했었지. 하지만 대답은 너무도 간단하거든! 세상에 더없이 강력한 소금의 맛을 가져온 아기에게 뭐 하러 소금을 바쳤겠냐는 거지."

루드빅의 마음속에서 방금 전 모습을 드러낸 거북함이 눈덩이처럼 불어갔다. 그저 외출을 하거나 바에 들어서기만 해도 어느 귀찮은 놈이 달려들어 소금이 어쩌고 하는 장광설을 늘어놓는단 말이지? 그는 절반밖에 마시지 않은 맥주잔을 카운터에 내려놓은 뒤 회색 옷의 남자에게 인사도 하지 않고 발길을 돌렸다. 그러자 등 뒤에서 상대가 몇 마디를 더 던졌다. "천만에, 난 입을 다물지 않겠어. 모래와 밤의 침묵, 그리고 어둠 속에서 사막을 비추는 별의 이 속삭임을……" 하지만 그의 목소리는 담배 연기 가득한 홀의 웅성임 속으로 사라졌다. 바깥엔 진눈깨비가 조금씩 흩날리고 있었다.

루드빅은 집으로 돌아왔다. 다시 일을 시작하고 싶은 마음이 전혀 없어 제자리만 맴돌았고, 살라미 몇 조각을 먹고 나자 불쑥 따뜻한 목욕을 하며 쉬고 싶다는 생각이 일었다. 소나무 향 가득한 거품 속에서 발가락을 꼼지락대면서, 바에서 맥주를 마시며 맛보았을 기쁨을 망쳐버린 그 재수 없는 남자를 다시 떠올렸다. 그러면서 동방박사 이야기도 함께 생각해 보게 되었다. 공현절과 관련해서는 다른 모든 교회 축일이 그렇듯 케케묵은 이미지로 축소된 기억만 어렴풋이 남아 있었다. 이국적인 모자와 보석이 박힌 화려한 외투 차림으로 각자 반짝이는 상자를 하나씩 들고 동방에서 온 세 명의 왕. 별이 가득한 밤을 배경으로 측면에서 포착한 낙타 세 마리가 행렬에 흥취를 더했고, 짚단 위엔 장밋빛 인형 같은 아기 예수가 당당히 자리했다. 이 낡고 상투적인 이미지의 더께를 닦아내겠다는 생각이 머릿속에 떠오르기는커녕 심지어 그 일에 관심조차 가져본 적이 없었다. 그런데 그 광경이 새로운 조명을 받으며 그의 눈앞에 나타났다. 상투적인 이미지가 갑작스레 생명을 되찾은 박제동물처럼 부르르 떨며 표면에 덮인 금박과 먼지를 털어냈다. 루드빅의 상상 속에서 세 동방박사가 천천히 움직이기 시작했다. 맨발에 맨머리인 그들은 슬로모션의 느린 걸음으로 걸어갔다. 기다란 회색 옷차림을 하고, 후광을 발하지도 호위대를 거느리지도 않고 여윈 두 손으로 큰 도자기 사발을 감싼 채 걸어갔다. 사발 안에 무엇이 들었는지 루드빅은 알 수 없었으며, 어쩌면 빈 사발인지도 몰랐다. 세 실루엣이 그렇게 밤을 거스르며 나아갔다. 아기 예수는 보이지 않았는데, 동방박사들의 여정 초입에 있는지 끝머리에 있는지 짐작할 수 없었다. 그들이 아기 예수를 보고 오는 길인지, 아니면 곧 보게 될 것인지도.

그가 욕조에서 나왔을 땐 이미 날이 어둑어둑했다. 벌써부터 저녁 시간이 한없이 길게만 여겨졌다. 그는 주소록을 뒤적이다가 간헐적으로 관계를 이어가던 한 여자 친구에게 전화를 했다. 한 시간 뒤엔 그녀 집에 가 있었고, 또

한 시간이 지났을 땐 그녀와 함께 침대에 들어 있었다. 한 차례의 쾌락이 지나가자 루드빅은 곧 심각한 혼란에 빠졌다. 그는 물을 한 잔 마시러 간다는 핑계로 자리에서 일어나 주방에서 한참을 미적거렸다. 심심풀이로 큰 성냥갑 속의 성냥을 몽땅 차례로 그어댔고, 연이어 오렌지 껍질을 나선형으로 벗긴 뒤 과육을 다시 껍질로 감싸 방으로 돌아왔다. 카티아는 침대에 비스듬히 엎드린 자세로 양팔을 머리 주위로 둥글게 들어 올린 채 잠들어 있었다. 그는 누비이불을 들추고 잠시 카티아의 벗은 몸을 응시했다. 그 살결과 냄새, 형태, 부드러움을 알고 있었지만 내면의 풍경과 피의 내밀한 웅성임, 숨결, 꿈에 대해선 전혀 무지했다. 사실 알고 싶지도 않았다. 카티아는 그에게 친밀하면서도 낯설었다. 그녀가 몸을 떨자 그는 이불을 다시 덮어주었다. 그러고 나서 오렌지 과육을 껍질에서 꺼낸 뒤 조각조각 떼어내 잠든 카티아의 헝클어진 머리털 주위에 후광처럼 올려놓았고, 나선형 껍질은 그녀의 왼 손목에 감아두었다. 그런 다음 그는 소리 없이 자리를 떴다.

욕조 속에서 보았던 동방박사들의 환영이 루드빅의 머릿속에 가끔씩 떠오르곤 했다. 언제나 회색과 검정의 똑같은 이미지, 똑같은 슬로모션이었다. 세 실루엣이 그늘진 원경에 모습을 드러내며 잰걸음으로, 때론 비틀대며 미끄러지듯 걸어갔다. 그들은 어디로 그렇게 가고 있는 걸까?

무얼 찾고 있으며, 누굴 찾고 있는 걸까?

그런데 저 잿빛 동방박사들이 브룸을 향해 그렇게 길을 가고 있는 거라면? 어느 날 그런 생각을 하게 된 루드빅은 에바에게 다시 전화를 걸었다. 그녀가 평소의 담담한 어조로 그에게 알려주었다. 삼촌은 상태가 계속 악화되어 간다고, 오래전부터 병석에 누워 있는 그의 몸을 욕창이 갉아먹기 시작했다고, 임종을 맞아 그렇게나 몸이 쇠약해진 상태에서도 삶의 끈을 놓지 않는 그를 보며 의사들의 놀라움이 점점 커져만 간다고. 그녀는 브룸의 눈빛에 대해서도 말했다. 점점 더 투명해지는 눈빛이 비가시적인 세계 어딘가를, 어느 먼 지점을 좇는 것처럼 보인다고. 그러면서 그녀는 또다시 알쏭달쏭한 말을 전했다. "그 지점에 가닿으면 그도 항복하게 되겠죠." 난해한 이야기를 지껄여대는 인간들에게 질색하게 된 루드빅은 신경이 곤두섰다. 그래도 그는 어떤 불쾌한 지적도 하지 않았다. 브룸의 노트를 잃어버린 터라 스스로 조심하고 있다는 느낌이었다.

추위로 꽁꽁 얼어붙은 어느 아침, 루드빅은 구시가지 광장을 가로지르며 평소처럼 참고 자료를 찾기 위해 클레멘티눔으로 가고 있었다. 그때 한 경찰관이 종종걸음으로 급히 걸어오는 모습이 보였다. 경찰관은 흰 완두콩 무늬가 든 셀로판종이에 어색하게 감싸인 붉은 장미 한 송이를 마치 곤봉을 휘두르듯 우아한 동작으로 손안에 움켜쥐고 있었다. 자신의 꽃만큼이나 붉은 얼굴을 한 남자의 입에서 모락모락 김이 피어났다. 사랑에 빠진 이 얼어붙은 남자는 대체 어떤 연인에게 그 꽃을 바치러 그렇게 서둘러 가고 있는 걸까? 아니, 그보다는 방금 전 찾아낸 어떤 범죄의 증거물을 경찰에 넘기러 가는 중인 것 같기도 했다. 천진난만한 손녀가 무심코 건넨 장미, 위대한 랍비를 향기로 죽인 유명한 장미 — 그 심장 속에 죽음이 숨어 있다 불시에 랍비를 낚아채 간 — 를 이 경찰관이 4세기가 지나 뒤늦게 찾아낸 건 아닐까? 이런 가정을 루드빅이 미처 마무리 짓기도 전에 경찰관은 옆으로 미끄러지는가 싶더니 얀 후스의 화형대 발치에 벌렁 나자빠졌다. 그 순간 근사한 장면이 연출되었으니, 그렇게 그가 넘어지는 순간에도 높이 쳐들린 장미는 마치 그의 축복을 기다리는 듯 손안에서 꼿꼿한 자세를 유지했다. 결국 그는 넘어진 자리에서 일어나 성난 눈길로 주변을 둘러본 뒤 좀 더 조심스러운 걸음으로 다시 걸었다. 범죄를 입증하든 사랑을 입증하든 증거물이 손상되어서는 안 되는 법, 그는 다리를 살짝 절었지만 꽃은 무사했다.

　루드빅은 늦은 시각까지 도서관에 남아 작업했다. 고문서와 참고 자료들을 조사하면서 번역을 완성하는 데 필요한 정보를 모두 수집할 수 있었다. 그의 수첩은 메모와 날짜, 이름, 개념, 히브리어와 그리스어와 라틴어 용어 및 인용으로 가득했다. 그렇게 거미줄이 점점 퍼져나가며 실들이 가지를 치고 엮이고 갈라지고 뿌리를 내렸다. 루드빅은 필요 이상으로 자료를 뒤지고 수집하면서 점점 게임에 말려들게 되었다. 16세기의 무대 뒤편, 그 시대 왕들과 대공들이 열광한 경이로운 예술품과 진기한 경관의 진열실로 그를 데려간 보물찾기 게임이었다. 왜곡된 형상의 그림들, 다시 말해 세상과 역사의 무대 이면을 열어 보이는 수수께끼 같은 그림들의 미로 속으로 그는 안내되었다. 루돌프 2세 황제 시대 흐라친 성의 회랑들을 비롯해, 위대한 랍비 뢰브가 일을 했으며 근 한 세기에 걸친 명상의 삶을 마감한 곳이기도 한 대저택, 그 그늘 아래 웅크리고 숨은 유태인 거주지의 골목길들로 안내되기도 했다.

한 출판사에서 이 책의 번역을 의뢰해 왔을 때 처음엔 맡기를 꺼렸고, 달리 할 일이 없어 수락한 게 사실이었다. 하지만 이젠 관심이 동하기 시작했을 뿐 아니라 번역을 하면서 모종의 기쁨을 느끼기까지 했는데, 탐험에 나서게 된 시대가 루드빅 자신의 시대와 긴밀한 관계에 있음을 깨달았기 때문이었다. 그 시대 사람들 역시 의심과 공포, 두려운 생각들에 ― 현대인들에게 더한층 비극적으로 와닿게 된 ― 직면했던 것이다. "모든 게 산산조각 났으며 일관성은 모조리 사라졌다. 인과관계나 일치된 생각은 더 이상 존재하지 않는다." 고대의 우주적 질서가 무너짐을 목격한 시인 존 던의 이 애도에 현대인들은 더한층 대대적으로 동참하고 있는지 몰랐다. 세상이 담고 있을지도 모르는 의미는 이미 오래전부터 오로지 간접적인 방식을 통해, 생각의 역전과 보류를 통해서만 모습을 드러낸 게 사실이다.

이제 루드빅에겐 사방에서 잔뜩 끌어모아 수첩에 뒤죽박죽 쏟아놓은 이 모든 메모들을 선별하고 분류하는 일이 남아 있었다. 그는 한동안 도서관에 발길을 끊고 집에서 작업을 이어갔다. 정확성도 체계도 없이 그렇게나 많은 자료들을 수집한 것에 대해 울화가 치밀었다. 연대기적 순서를 따르지 않은 날짜들은 뒤죽박죽인 데다 히브리력과 기독교력 사이를 비틀대며 오갔다. 찾아낸 인용문들의 출처를 깜박하고 적어두지 않았는가 하면, 일부 단편적인 텍스트들은 너무 급하게 베껴 쓴 터라 자신의 글씨를 알아보지 못하는 상황도 발생했다. 새로운 발견과 발상으로 가득했던 혼란한 시대의 기억 속을 소요하며 즐겼던 것과는 반대로, 이제 그는 어설픈 필사생인 자신의 부주의를 두고 아쉬워했다. 자신의 글씨를 해독하려 애쓰는 한편 긴 시간 컴퓨터 앞에 앉아 화면상으로 번역물을 재독하며 군데군데 여전히 눈에 띄는 공백들을 메우다 보니 눈이 점점 더 피로해져 왔다. 눈 안에서 반짝이는 동그라미들이 들뜬 동작으로 춤을 추어대는 통에 루드빅은 손가락으로 눈꺼풀을 쉴 새 없이 꾹꾹 눌러주었고, 마음을 진정시켜 주는 창백한 연하장 쪽으로 간간이 눈길을 주기도 했다. 여러 겹 덧칠을 한 이미지에서 때로 어떤 모티브가 어렴풋이 보이는 듯싶기도 했다. 유백색 안개 속에서 잇달아 모습을 드러내는, 아슴푸레한 상앗빛 실루엣들. 그것들은 한 달 전쯤부터 끈질기게 그의 머릿속을 맴돌며 규칙적으로 떠올랐던 환영인 회색과 검정의 동방박사들과 대칭을 이루었다. 루드빅의 마음속에서 이들은 어김없이 브룸의 임종과 연결되었다. 의사들의 예측에 끝없이 도발적으로 맞서는 느리디느린 임종이었다. 밤을 배경으로 떠오르는 잿빛 왕들, 창백한 새벽 배경 속에 떠오르는 상앗빛 왕들. 그들은 모두 보일 듯 말 듯, 움직이는 듯 정지한 듯, 걸인의 모습으로 걸어갔다. 하나의 이미지와 그 음화(陰畵), 둘 중 어느 쪽이 우위를 점하는지는 장담할 수 없었다.

루드빅은 번역을 완성하는 데 필요한 나머지 작업을 헤아려 본 뒤 발행인을 찾아가 마감일을 좀 늦추어 달라고 부탁하는 게 낫겠다는 생각을 했다. 발행인은 이해하고도 남는다는, 심지어 지나칠 정도로 관대한 반응을 보였다. 그가 번역가에게 마감일을 거의 무제한 연장시켜 준 데는 참담한 사정이 있었다. 책 제작과 배포에 드는 경비가 너무 오른 데 비해 판매는 계속 하향세여서 출판사가 파산지경에 이르렀기 때문이었다. 발행인은 분통과 체념이 뒤섞인 어조로 그루지야 코냑을 석 잔째 가득 따라 마시며 덧붙였다. 루드빅이 번역 중인 그런 책을 가지고 매출 상승을 기대할 수는 없을 거라고. 그럼에도 불구하고 그는 이 책에 몹시 집착했으며 루드빅이 번역을 완성하도록 독려했다. 파산을 할지언정 마음을 단단히 먹고 고개를 쳐든 채 고결함을 지키겠다는 결심이었다. 이 책의 무엇에 그렇게 관심이 동하는 건지 루드빅이 묻자 상대는 애매한 몸짓으로 대답했다.

"랍비 뢰브는 시대를 초월해 세상과 우리 자신에 대한 새로운 소식을 전해줄 수 있는 인물들 가운데 하나거든요. 그 어느 때보다 지금 우리한테 필요한 소식이죠. 물론 그 필요성을 우리가 느껴야 하겠지만. 안 그러면 그가 전해주는 말도 죽은 글자에 불과할 테니까요."

그 자신과 세상에 대한 이런 소식을 루드빅은 다음다음 날 받았다. 몹시 빛바랜 느낌은 있었어도 그렇다고 현실과 괴리된 소식은 아니었고, 위대한 랍비 뢰브가 전하는 소식도 아니었다. 재정난을 겪는 발행인이 그처럼 시간을 넉넉히 준 터라 루드빅은 잠시 쉬어가기로 결심한 터였다. 시대와 동떨어진 인상을 주었던 그 메신저는 몹시 평범한 인물로서, 코루니 가가 시작되는 지점의 가판점에서 신문을 파는 얼어붙은 노인이었다.

"석간신문 하나 주세요." 루드빅이 호주머니를 뒤져 동전을 꺼내며 말했다.

"석간이든 조간이든, 정오면 어떻고 자정이면 어떻다고, 뭐가 다르지?"

가판점 창구 너머로 얼굴과 상체만 드러나 보이는 남자가 중얼댔다. 머리털과 이마 일부를 가린 진회색 코르덴

챙 모자를 쓴 남자였다. 눈에서 관자놀이로 퍼져나간 짙은 주름이 움푹 파인 양 볼을 가득 메우고 있었고, 희끗희끗한 콧수염은 담뱃진에 눌은 모습이었다.

"일기 예보랑 비슷하겠죠." 루드빅이 받아쳤다. "시간에 따라 변하니 순간순간의 주변 날씨를 알 필요가 있고요."

"하기야." 상대가 꿈쩍 않고 말했다. "한 차례 비가 오고 나면 날이 개고, 한파가 있고 나면 날이 풀리고, 가뭄이 닥친 뒤엔 동파가 있는 법. 주사위 놀이도 한계가 있어서, 늘 그게 그거인 숫자들에 걸리기 마련이거든. 숫자가 나온 뒤에도 게임은 이어지듯 세상사도 그렇지. 전쟁이 있으면 평화가 있고 말이야. 하지만 궂은 날이 화창한 날보다 훨씬 많고, 거칠고 야비한 놈들이 소수의 의로운 이들보다 훨씬 많아."

"그건 그래요." 루드빅이 동의를 표했다. "그렇더라도 상황을 파악하는 건 어느 정도 필요하겠죠. 때로 그런 식으로 피해를 줄일 수도 있으니까요."

"정말 그럴까? 그렇게 믿어요? 정보를 잔뜩 주입받는다고 합시다. 그것들은 모순되기 일쑤고 완전히 거짓인 정보들도 있어요. 뿐만 아니라 자극적인 이미지들로 맛을 내거나 불순한 재료들이 가득 찬 정보들이지. 그런 것들은 우릴 오히려 더 큰 혼란에 빠트린단 말씀이야. 안다는 건 엄청난 양의 이미지나 장황한 말들을 집어삼키는 게 아니야. 그렇게 폭식한 다음엔 소화불량에 걸리기 십상이지만 우린 이미 중독이 되어 또 달라고 하거든. 그래, 안다는 건 마구잡이로 보고 듣는다는 뜻이 아니지. 사전에 분류하고 가늠할 줄 알아야 해요. 신경이 곤두서거나 감정이 격해지지 않고 마음과 이성을 모조리 동원해 바라보고 귀 기울이는 거지."

그는 말을 하는 사이 담배 두 대를 말더니 그중 하나를 루드빅에게 건넸다. 여기저기 정맥이 불거진 손은 보랏빛이었으며 진균에 감염된 손톱은 흰 반점들로 가득했다. 루드빅은 달갑잖은 마음으로 담배를 받아 들었는데, 상대가 창구 밖으로 라이터를 내밀어 담배에 불을 붙여주었다. 남자가 생각나는 대로 말을 이었다.

"피해를 줄인다고 했어요? 그렇게 믿었던 시절도 있었지. 수용소 문이 열리고 거기서 저질러진 끔찍한 만행들을 마침내 보게 되었을 때 사람들은 마음속으로 생각했지. 그걸 제때 알았더라면 그런 일이 일어나도록 가만 놔두지 않았을 거라고. 그리고 그런 야만적인 일들이 다시는 벌어지지 않도록 하겠다고 맹세했어. 하지만 야만은 끄떡없이 버티고 영향력을 행사해 무수한 추종자를 만들어 냈고 시체 더미들은 늘어만 갔지. 그렇다고 나머지 사람들이 — 우리를 포함해서 말이야 — 무릎을 꿇고 치욕과 고통의 피눈물을 흘리거나 살인자들에 맞서 무기를 들지는 않거든. 그런 참혹한 예들은 세상에 널리고 널렸다는 걸, 신문을 읽는 분이니 알고 있겠군. 그렇다면 어떻게 피해를 줄인다는 거요?"

루드빅은 생각했다. '이 담배를 마지막으로 한 모금 더 빤 뒤 잽싸게 자리를 떠야지.' 그러나 가판점 주인은 그의 생각을 읽기라도 한 듯 말을 이었다.

"질 좋은 담배가 아니라는 건 나도 인정해요. 꽤 독한 담배지. 내가 하는 말들도 마찬가지고. 하지만 이 나이가 돼서도 인간의 난폭한 광기엔 여전히 적응이 되지 않아요. 무수한 이들의 마음속에 감춰진 분노는 뭐며, 또 다른 무수한 이들의 마음속에서 뒹구는 엄청난 비굴함은 또 뭔지…… 그건 그렇고 커피 좀 드시구려. 몸이 따뜻해질 테니."

그렇게 말한 뒤 그는 의자 밑에 둔 보온병을 들어 올려 마개를 열고 플라스틱 컵 두 개에 커피를 부었다.

"설탕은 이미 넣었고 럼주도 한 방울 가미했어요. 추위를 이겨내야 하니 말이야."

루드빅은 당장 자리를 뜨고 싶었지만 호의를 거절할 수 없겠다 싶었다. 추위에 발은 꽁꽁 얼어붙었지만 컵을 잡은 손가락은 불에 덴 것만 같았다. 예상한 대로 가판점 주인은 그 틈을 타 대화를 더 이어갔다.

"15년 전쯤 난 아우슈비츠―비르케나우 수용소를 방문했어요. 그 문제라면 수없이 보고 읽어 이미 안다고 믿고 있었지. 하지만 실제로 그 황량하고 고요한 현장에 가 있으려니 내 안에서 모든 게 무너져 내렸어. 어떤 낯이 내 이성과 기억을 스치고 지나가며 그동안 내가 축적해 온 모든 생각과 반성, 지식을 베어내 버린 것 같았거든. 내 안에 허공이 아가리를 벌리고 말이야. 정신의 파탄을 경험하며 갑작스레 백치가 된 느낌이었지. 내 안의 누군가가 이해를 거부했어. 이미 저질러진 엄청난 악은, 이 장소에서 사람들이 견뎌야 했던 비정상의 고통은, 내 정신이 감당할 수 있는 게 아니었거든. 하늘을 마주하고 땅바닥에 누운 시신의 힘없이 펼쳐진 손바닥 같은, 몹시도 헐벗고 고요한 장소였어. 하늘은 그보다 더 헐벗고 고요한 모습이었고. 마침내 제 나라로 돌아온 망명객들은 되찾은 고국 땅에 무릎을 꿇고 입을 맞추기도 하지. 그곳에서 한순간 나는 사람들의 땅 밖으로 돌이킬 수 없이 추방되었다가 갑자기 그 땅으로 돌아온 느낌이었어. 나 역시 무릎을 꿇을 수 있었겠지만 땅에 입을 맞추려고 하지는 않았을 거야. 그보다 이마를 부딪고 주먹으로 내리치려 했겠지. 땅과 하늘이 하나여서, 울림 없는 초라한 북 가죽에 불과했어. 살인자들과 배신행위들에 대해 하느님이 책임을 추궁하던 시절이 있었지. 하지만 이곳에선 침묵하셨거든. 이 침묵을 두고, 파렴치한 무언증을 두고, 사람들은 이러쿵저러쿵 해석을 가하곤 했지. 학살이 자행되던 당시, 알면서도 행동에 나설 용기도 지성도 마음도 없었던 사람들의 침묵에 대해서도 말이야. 과거에 저질러진 그 모든 범죄를 단죄하기란 쉬운 법이지. 도살자에게 뭐든 마음대로 할 자유를 허락함으로써 온 세상으로부터 버림받은 희생자의 고통을 극한까지 치닫게 한 침묵, 수직적이며 수평적인 그 이중의 침묵을 비난하기란 쉽단 말이지. 하지만 현재 진행 중인 수많은 범죄 앞에서 그저 무기력한 넋두리만 늘어놓는다는 건 이루 말할 수 없이 복잡한 문제야. 그런데 우리가 느끼는 분노가 아무리 크고 고통스러워도 우린 바로 그렇게 하고 있거든. 나 자신은 내면으로 전도된 절규만 내지를 뿐이고. 양심의 비통한 찢김을 경험하면서 내게서 내게로 향하는 절규. 하느님에 대해서라면, 차갑고 완강한 침묵을 확인할 수밖에 없고 말이야. 침묵 저편에서 그가 몹시 슬퍼하며 마음속 깊이 한탄하고 있는지는 나도 모르겠지만.

비르케나우에선 살인자들이 수용소 주위에 포플러를 심어두었지. 높고 빠르게 자라는 나무여서 경솔한 시선들을 차단하는 가리개가 되어줄 수 있으니까. 그 나무들이 여전히 그곳에 있어. 대학살의 유일한 생존자들인 그들이 하늘 높이 치솟은 가지를 떨면서 인간이 다른 인간을 고문하기 위해 직접 손으로 만든 이 지옥의 변방에 서 있는 거야. 죽은 자들의 신에 의해 포플러가 되어 저승의 문턱에 심어진 님프 레우케처럼 말이야. 살인자들은 비르케나우의 포플러들을 자신들의 공범으로 삼으려 했지만, 막상 그 나무들은 이 비열한 음모에 가담할 생각이 전혀 없었지. 절대적인 신중함을 발휘해 희생자들을 위한 증인의 역할을 감당했을 따름이야. 희생자들에게서 남겨진 거라고는 영원히 위로받을 길 없는 고통뿐, 아무것도 없어. 그런데 세상으로부터 격리된 그곳의 침묵을 이 애도의 나무들이 영구히 보존하며 고발하는 거야. 파탄난 인간성의 침묵, 연민과는 거리가 먼 어떤 하느님의 침묵을 말이야. 그것들은 자신들을 고통과 죽음, 눈물과 관련된 나무라 부르는 관행에 동의하지. 역사의 가장 어두운 페이지 어느 여백에 자리하는 것에도 말이야. 커피를 좀 더 마시겠소?"

루드빅은 컵을 창구 가까이 내려놓았다. 추위로 등이 얼어붙었지만 더는 달아나겠다는 생각을 하지 않았고, 이젠 무언가에 발목이 잡혀 있었다. 방금 전에 이 남자가 한 말은 15년 전 자신이 아우슈비츠—비르케나우에 갔을 때 느꼈던 것과 완전히 일치했다. 포플러들이 그 허망한 장소에서 떨고 있는 것이, 불덩이가 되어 하늘에서 추락한 파에톤의 죽음으로 비탄에 빠진 헬리오스의 딸들 같았었다. 가판점 주인은 그에게 커피를 다시 부어준 뒤 독백을 이어갔다.

"이제 한 가지 사실을 고백해야겠군. 생각과 감정이 조금이라도 있는 사람이라면 누구나 이런 곳을 다녀온 다음엔 적어도 하루 동안은 식욕을 잃게 되겠지. 그런데 난 이 방문 직후에 끔찍한 허기를 느꼈단 말씀이야. 아우슈비츠 시로 돌아와 한 레스토랑에 들어가서는 먹을 걸 주문했지. 지금도 기억해. 양배추를 곁들인 돼지고기 요리. 그리고 디저트도. 레스토랑을 나서자마자 두 번째 레스토랑을 찾아내 다시 식사를 주문했어. 돼지고기에 감자 요리를 시키고 디저트도 다시 주문했어. 내 안엔 여전히 허기가 날뛰고 있었거든. 세 번째 레스토랑에 들어가서도 충동적인 허기가 마음껏 날뛰도록 내버려두며 이번엔 생선요리를 시켰어. 먹고 씹고 삼켜야 했지. 목이 메고 구토가 날 지경이 되도록."

그는 말을 멈추고 담배를 말았다.

"그다음은요?" 루드빅이 물었다. 두 수용소를 방문한 날 자신도 상대와 정확히 일치하는 반응을 보였다는 사실을 루드빅은 기억해 냈다.

"그다음이라고? 그야 물론 병이 났지. 금방이라도 토할 것 같아 역으로 향하는 버스에서 급히 내려야 했지."

"제 말은요, 그다음 이어진 날들은 어땠냐고요." 루드빅은 말을 정정하며, 그날 자신도 버스에서 내렸고 끔찍한 구토증에 시달렸던 경험을 떠올렸다.

"아, 그다음엔…… 특별한 일은 전혀 없었지. 거북한 느낌이나 괴로운 생각은 시간이 곧 해결해 주었어. 일상의 문제들이 다시 보이기 시작했거든. 사소한 골칫거리들을 비롯해 좋은 일과 나쁜 일, 일과 의무, 그리고 저마다 자신의 진부한 삶에 교묘히 끌어들이는 가짜 고민거리들 말이야."

"그런데 왜 이 모든 얘기를 저한테 하는 거죠?"

"왜냐고?" 가판점 주인이 무슨 대답을 시도해 보려는

사람처럼 양손을 벌리며 말했다. "어쩌면 권태를 몰아내기 위해선지도 모르지. 권태보다 나쁜 건 없으니까. 그건 아무렇지도 않은 낯짝으로 슬그머니 다가와서는 우리를 무력화시키고, 타인에게든 자기 자신에게든 만사에 시큰둥해지도록 만들거든. 녹이 스는 것과도 같은 이치야. 음흉하고도 탐욕스럽게 조금씩 우리의 지성과 마음과 정신을 갉아먹고 우리의 기억을 훼손시킨단 말씀이야. 마지막에 떠오르는 거라고는 종양이나 무사마귀 같은 몇 점의 경화된 추억이 전부가 돼버리지. 실연의 아픔도 그렇듯이 말이야. 그건 시력도 망가뜨려 우린 대상의 본질을 볼 수 없게 되어버리지. 계속 작은 쌍안경을 통해 흐릿하게 혹은 한쪽 눈으로 대상을 보기 때문이야."

남자가 손에 쥐고 있다가 우그러뜨려 창구 밖으로 던진 빈 컵이 보도 위에 쓰레기처럼 나뒹굴었다. 남자가 돌연 단호한 어조로 못 박아 말했다.

"그러면 밖으로 내던져져 사람들 발에 밟히게 되겠지. 맛을 잃은 소금처럼!"

루드빅은 어안이 벙벙해 남자를 바라보았다. 남자는 갑작스러운 노여움을 여전히 주체하지 못한 채 소리를 질렀다.

"마음이 권태에 빠진 이에게 화 있을진저! 그는 벌판에 자라는 덤불 같아서 행복이 찾아와도 전혀 느끼지 못하며 아무도 살지 않는 소금땅인 뜨거운 사막에 거주한다."*

남자는 예레미야의 이 말을 당당하게 외치더니 창구의 물결무늬가 진 양철 덧문을 대뜸 내려버렸다.

이 뜻밖의 행동에 당황하고 짜증이 난 루드빅은 덧문을 쾅쾅 두드리며 소리를 질렀다.

"문 도로 열어요!"

"너무 늦었어. 닫혔으니까." 가판점 주인이 부루퉁한 목소리로 대답했다. "신문은 다른 데서 사요."

"신문을 사려는 게 아니에요. 물어볼 게 있어요."

"흥! 혼자 물어보시오."

"제발 부탁이에요. 문 열어요!"

루드빅은 다시 양철 문을 두드렸다.

그러나 상대의 불평 소리는 들리지 않았고 가판점 안은 쥐 죽은 듯 고요했다. 루드빅은 잠시 더 문을 두드려 보았지만 소용이 없었다. 결국 지치고 만 그는 어깨를 으쓱하고 자리를 뜨면서 씩씩대며 내뱉었다.

"늙은 미치광이군!"

하지만 다음날 당장 루드빅은 가판점을 다시 찾아갔다. 지난 몇 달 동안 닥친 사건들은 저마다의 방식으로 그에게 놀라움을 주거나 신경을 건드렸는데, 그래도 이 가판점 주인만큼 그의 호기심을 자아낸 적은 없었다. 노인은

---

* 예레미야 17장 6절.

물건을 팔기는커녕 거부하기까지 하며 쉴 새 없이 이야기를 늘어놓았고, 담배와 커피까지 제공하면서 손님을 붙잡아 두려 했다. 가판점에서 손님을 기다리느라 권태로 얼어붙은 노인이 짜낸, 자체로선 무해하달 수 있는 자잘한 술책이었다. 누가 신문을 사려고 멈춰 서면 다짜고짜 상대를 붙잡고 늘어지며 잠시 자신의 고독을 잊는 노인. 나이로 보나 활력으로 보나 이미 폐기 처분된 인간이 상대와의 대화를 잽싸게 훔쳐내는 기술을 발휘하는 거였다. 그런 거라면 루드빅은 이해할 수 있었다. 이 도시엔 그렇게 대화가 그리운 이들이 넘쳐났으니까. 하지만 루드빅의 마음을 뒤흔들어 놓은 건 노인의 입에서 나온 이야기의 내용과 음흉하고도 교활한 그 방식이었다. 실제로 루드빅은 노인이 들려준 이야기를 돌이켜 생각하며 놀라움을 금치 못했는데, 노인이 떠올린 기억과 그 자신의 기억 간에 몇 가지 뚜렷한 유사성이 있었기 때문이었다. 이 문제에 대해 좀 더 자세히 물었으면 했었다. 노인의 태도가 왜 그렇게 불쑥 바뀌었는지 그로선 납득할 수 없었다. 어찌 보면 소금 장미를 갖고 있던 그 멍청한 젊은이처럼, 노인 역시 분명한 이유도 조짐도 없이 다정한 모습에서 추악한 모습으로 돌변한 것이다. 루드빅 앞에서 변덕을 부려댄 다른 모든 정신 나간 인간들처럼 그 가판점 주인 역시 소금을 들먹여 댔고 말이다.

흉상처럼 자신의 벽감에 박혀 있던 그 노인 때문에 루

드빅은 잠을 이룰 수 없었다. 그는 가판점이 있는 곳까지 코루니 거리를 몽유병자처럼 걸어 올라갔다. 그런데 그 위치에 다다른 순간 악몽을 꾸는 것 같은 기분에 휩싸였다. 하룻밤 사이 수개월이 흘러가 버린 걸까? 가판점은 이미 황폐해질 대로 황폐해져 있었다. 얼어붙은 새똥으로 뒤덮인 채 보도 위에 삐딱하게 서 있었고, 찢어진 낡은 포스터들과 더 이상 읽을 수 없게 된 광고지들이 덕지덕지 나붙어 있었다. 이젠 녹이 슬고 찌부러진 창구 셔터에 분필로 무어라 씌어 있는 것이 보였다. 루드빅은 그 말들을 읽어 내느라 애를 먹었다.

"그런데 롯의 아내는 뒤를 돌아보다가 소금 기둥이 되었다."*

놀란 루드빅은 그보단 얼음 기둥이 되는가 싶었지만 뒤이어 짜증이 치밀어 오르면서 불기둥이 되어버리는 느낌이었다. 그는 가판점을 한 차례 세게 발로 걸어찬 뒤 투덜대며 그곳을 떠났다. 딱히 누구에게랄 것도 없이 화가 나서 마구 욕을 해댔다. 자기 자신 혹은 가판점 주인이나 머리가 돈 또 다른 인간들에게 화가 난 것일 수도, 아니면 성서에서 끌어온 그 말 때문일 수도 있었다. 그러고 보니 전화에 대고 알쏭달쏭한 말로 잘난 체해댄 에바도 괘씸했고, 그에게 영영 보수를 지불하지 않을 게 분명한 발행인에게도, 심지어 죽어라 고생하며 번역한 책의 저자에게까

---

* 창세기 19장 26절.

지 분통이 터졌다. 그러다 잠시 숨을 돌리고 화를 가라앉혔는데, 감히 위대한 랍비 뢰브에게까지 투덜댈 수는 없었기 때문이다. 그래도 화가 풀리지 않자 머릿속에서 욕을 해댈 다른 멍청한 인간들을 찾다가 원망의 대상 하나를 구석에서 끄집어냈다. 기차에서 그의 외투를 훔쳐 간 못된 놈. 또 누가 있는지 머릿속을 뒤졌으나 더는 찾아내지 못했다. 눈덩이처럼 불어나던 짜증도 가라앉아 곧 사그라지기 시작했다. 이제 당혹감과 피로밖에 느껴지지 않았으며 열이 있는 것 같기도 했다. 그는 집으로 돌아가 따뜻한 그로그 한 잔을 마시고 더운물로 목욕을 한 뒤 다시 잠자리에 들었다.

그렇게 오후 나절 내내 무겁고 끈적끈적한 잠을 잤고, 저녁 늦게 깨어났을 땐 땀에 흠뻑 젖어 몸을 떨었다. 가판점 주인을 만나기는커녕 오히려 유행성 감기에 단단히 걸리고 만 것이다. 그는 자리에서 일어나 주방으로 가서 다시 그로그 한 잔을 만들었는데 이번엔 럼주를 설탕물보다 훨씬 많이 섞어 아스피린 세 정과 함께 삼킨 뒤 침대로 돌아가 더한층 혼곤한 잠에 빠졌다. 동틀 무렵 몸을 뒤척이는 사이 조각난 꿈들이 머릿속에서 주마등처럼 지나갔다. 그중 하나에 이르러 그는 소스라치듯 잠에서 깨어났다. 삼각 숄을 두르고 양산처럼 불룩한 풀 먹인 치마를 입은 뚱뚱한 여자가 얼어붙은 강 위에서 지그재그를 그리며 전속력으로 스케이트를 타고 있었다. 그런데 여자가 피루엣을 시도하려다 옆으로 미끄러지는가 싶더니, 커다란 팽이처럼 한 발로 균형을 잡고 빙글빙글 돈 뒤 빙판 위에 쿵 주저앉아 버렸다. 그 바람에 얼음이 갈라지고 여자는 그대로 물에 빠지고 말았다. 그 순간 색색의 천들이 여자의 치마 밖으로 날아올라 하늘에서 채찍 소리를 내며 펄럭였다. 그 굉음에 루드빅은 침대에서 벌떡 몸을 일으켰다. 머리를 흔들고 눈을 비비며 조금씩 의식을 되찾았는데 갑자기 웃음이 터져 나왔다.

"뚱보 루드밀라!" 그가 소리쳤다.

수수께끼라 불리는 것들로 괴로워해서는 안 된다는 생각이 들었다. 그저 좀 으스스한 취향을 지닌 어느 경박한 여인의 페티코트를 장식하느라 사라진 그 장례 리본처럼, 그것들 역시 분명 어리석고 우스꽝스러운 사기극에 불과할 테니 말이다.

'아, 순진한 루드밀라!' 루드빅은 자리에서 일어나며 생각했다. '그 어이없는 이야기가 기억에 떠오를 때마다 주변 일들이 모두 우스갯소리가 되고 말 거든. 뇌가 소금물에 전 미친 인간을 불행히도 다음에 또 만나게 되면 그녀에게 도움을 청해야겠어. 그녀와 그녀의 치마들에게.' 그렇게 생각하자 벌써 기분이 한결 나아졌다.

낮 시간 동안 그는 또 한 차례 기발한 결심을 했다. 한 주 동안 산으로 떠나 새로운 공기를 마시며 생각의 전환을 꾀하자고, 그런 다음 다시 일을 시작하자고. 그는 여행

사로 가 다음다음 날 떠나는 기차표를 예약하면서 타트라 산맥의 어느 마을 여인숙 방도 함께 예약했다.

떠나기 전날 그는 에바에게 전화해 브룸의 소식을 물었다. 그녀도 감기에 걸렸는지 목소리가 쉬어 있었다. 임종의 고통이 여전히 이어지고 있다고 그녀가 말했다. 삼촌의 야윈 몸에 점점 더 딱지가 내려앉고 있으며, 의사들이 이젠 '브룸의 사례' 운운한다는 것도. 그래도 그녀는 대화 말미에 이 시련이 머지않아 끝날 것임을 암시했다. 루드빅은 에바가 고집스레 자청하는 무녀(巫女)의 역할을 거들지 않았고, 브룸의 대략적인 임종 날짜에 대해서도 일절 묻지 않았다. 그래도 한동안 자리를 비우게 된 터라 찝찝한 기분이 드는 건 사실이었다. 하지만 한 주면 그리 긴 시간도 아니고, 산에 머무르는 동안에도 전화는 할 수 있다고 스스로를 다독였다. 그렇게 그는 몇 권의 책과 노트를 챙겨 짐을 쌌다.

하룻밤이 꼬박 걸린 여행에 이어 버스를 타야 했다. 버스는 아슬아슬한 비탈길을 숨 가쁘게 올라갔고, 버스에서 내리자 길고 불편했던 여정에 대한 보상처럼 그가 머무르게 될 마을이 나타났다.

푸른 하늘에 자리한 것처럼 정적 속에 높다랗게 올라앉은 마을. 눈 덮인 주변 풍경은 온통 반짝이는 사막으로, 꿈과 인내의 영역으로 변해 있었다. 땅과 마을이 자신들의 이야기를 감춘 채 간절한 기다림에 마음을 여민 모습이었다. 다가오는 계절은 물론, 그보다 훨씬 먼 계절들에 대한 기다림이었다. 서두르지도 그리워하지도 않는 기다림, 훨씬 여유롭고 헐벗은 기다림, 대상도 격정도 부재하는 기다림. 부드러움과 느림, 완강함이 가득한 외로운 기다림이기도 했다. 그 기다림 속에선 푸른 하늘과 진회색 밤이 만났다. 떠도는 구름이 땅 위를 흐르는 자신의 그림자와 만나고, 떨리는 별들이 얼어붙은 강물에 비친 자기 그림자와 만났다. 바위와 나무껍질 속 원소들의 기억이, 짐승들의 따스한 숨결이, 그 침묵 위에 내려앉은 사람들의 시선이, 그 모두를 가로지르며 날아가는 새들이, 서로 만났다.

  루드빅의 마음을 사로잡은 건 눈(雪) 냄새였다. 그곳의 눈은 냄새를 지녔고, 추위에서도 어떤 맛이 났다. 여인숙은 마을을 약간 내려다보는 곳에 자리하고 있어, 그는 불그스레한 눈 더미가 가장자리에 쌓여 있는 길을 더 올라가야 했다. 온통 목재로 지어진 둥그스름한 여인숙 정면은 거대한 술통처럼 보였다. 요정 이야기나 술꾼의 상상 속에서 곧장 튀어나온 집 같기도 했다. 그가 여인숙 안으로 들어섰을 땐 한 아가씨가 카운터 너머에서 유리잔을 씻고 있었다. 그는 자신을 소개하며 방을 하나 예약해 두었다고 말했다. 아가씨는 당돌한 표정으로 그를 빤히 바라보았다. 크고 검은 눈을 한, 목 아래쪽에 점이 있는 아가씨였다. 그녀는 유리잔과 행주를 내려놓으며 주인을 불러오겠다고 했다. 그런데 그녀가 나가기 무섭게 계단이 있는 홀 안쪽에서 날카로운 외침 소리가 들렸다. "돌격!" 그러더니 곧바로 포탄 하나가 계단 아래로 돌진했다. 포탄은 별거 아닌 쿵, 소리와 함께 마룻바닥에 떨어져 울음을 터뜨렸다. 다섯 살 남짓 되는 꼬마였다. 잔뜩 뒤틀린 노란 플라스틱 칼을 한 손에 쥔 아이는 주먹을 쥔 다른 손으로 눈을 비볐다. 루드빅이 가까이 다가가자 아이는 더 큰 소리로 울었다. 그러자 방금 전에 보았던 아가씨가 뛰어와 곁에 쪼그리고 앉더니 아이를 안아 올리며 말했다.

"거봐, 계단 위에서 그렇게 달려 내려오지 말라고 귀가 닳도록 얘기했잖니……"

"저 사람 잘못이야!" 꼬마가 분을 못 참고 루드빅을 손가락으로 가리키며 소리쳤다.

"저분이 아셨을 리 없어……"

"그래도 그냥 나를 잡았으면 됐잖아!"

마침내 세 번째 인물인 주인 여자가 등장했다. 몸이 배(梨)처럼 생기고 숱 많은 희끗희끗한 머리를 틀어 올린, 예순 살쯤 된 여자였다. 벽돌색 드레스에 꽃무늬가 든 커다란 숄을 두른 여자는 두꺼운 장목 덧신을 신고 있었다. 그녀가 몸을 곰처럼 흔들며 걸어와 말했다.

"이봐 선원, 작전이 실패한 게군?"

저음의 특이한 목소리였다. 아가씨가 훌쩍이는 아이를 안고 나갔는데, 그 어깨 너머로 아이가 루드빅에게 혀를 내밀었다.

"단골손님이 와 있다고 착각한 거예요." 주인 여자가 말했다. "손님들은 아이가 '돌격!'이라고 외치면서 층계참에서 달려 내려온다는 걸 알거든요. 누가 자기를 밑에서 받아줄 거라고 아이가 기대한다는 것도요. 저 애한텐 그게 재미있고, 손님들도 마찬가지고요."

뒤이어 그녀는 루드빅에게 여인숙 내부를 구석구석 보여준 다음 그가 머무를 방으로 안내했다. 그리고 아침 식사를 비롯해 식사 시간을 가르쳐 주었고, 원하면 식사를 방으로 가져다줄 수도 있다고 했다.

그는 밖으로 나가 산책을 했다. 저녁엔 여인숙 홀에서 식사를 한 뒤에 마지막 손님들이 물러날 때까지 그곳에 남아 있었다. 그렇게 신문을 읽고 있는데 중얼대는 소리가 들렸다.

"야이, 이봐! 돌격……"

곧이어 타다닥, 하며 계단이 삐걱댔다. 루드빅은 계단 밑으로 뛰어갔고, 다음 순간 품 안으로 아이가 들어왔다. 이번엔 아이도 환한 웃음을 지어 보였다. 루드빅이 바닥에 내려놓자 몸을 비틀며 파자마 바지를 추어올렸다.

"여태 안 잤니?" 루드빅이 물었다.

"잤어요, 쉬잇!" 아이가 검지를 세워 입에 갖다 대며 말했다.

루드빅은 아이의 손톱이 새카맣다는 걸 눈치챘다. 모

형 배를 만들다 망치를 잘못 내리쳐 다쳤다고 아이가 설명했다. 나중에 크면 선원이 되고 싶은지, 루드빅이 눈치 없이 묻자 아이는 콧방귀를 뀌며 어깨를 으쓱했다.

"말도 안 돼요. 내가 되고 싶은 건 해적이에요." 그런 다음 의기양양하게 덧붙여 말했다. "내 배 이름은 루보섹이고요!"

그렇게 아이는 자기 이름을 해적선 깃발처럼 게양해 자신을 소개한 뒤 바지를 한 번 더 배꼽까지 추어올리고 발끝으로 계단을 되올라갔다.

잇달아 루드빅도 계단을 올랐으며 평소 습관보다 일찍 잠자리에 들었다. 전날 기차에서 보낸 뒤숭숭한 밤에 이어 오후에 눈길을 한참이나 걸어선지 그간 잊고 있던 피로의 맛을 되찾았다. 어린 시절 야외에서 뛰어논 하루 뒤에 맛보았던 피로, 긴 포옹 혹은 욕구가 충족되었을 때의 쾌락 뒤에 맛보는 피로 같았다. 욕구가 기쁨과 놀라움과 부드러움으로 충만한 사랑 깊은 곳에 자리한 순간, 우리 안에 부드럽게 스며들어 마음을 다독여 주는 피로.

냄새도 정적도 공간도 낯선 방에서 한밤중에 눈을 뜬 그는 불쑥 뼈저린 고독감에 휩싸였다. 어둠 속에서 눈을 크게 뜬 채 잠시 침대에 남아 있자니 곧 생각이 정돈되었다. 화장실에 가려고 자리에서 일어난 그는 덧신을 꿰신고 바지와 스웨터를 입은 뒤 복도로 나섰다. 스위치를 찾지 못해 손으로 더듬으며 복도를 두 차례나 오갔는데도 화장실 문을 찾지 못했다. 그렇게 벽을 따라 더듬던 그의 손이 갑자기 허공을 쳤고, 그 순간 그는 홀 쪽으로 이어지는 층계참에 와 있음을 깨닫고 조심조심 계단을 내려갔다. 아래층이라면 위치를 더 잘 가늠할 것이고 화장실이 어디에 있는지도 알았다. 하지만 갑자기 코너에서 벽이 꺾이는 바람에 넘어질 뻔했다가 간신히 균형을 되찾았다. 자신의 짐작과는 다른 계단에 와 있음을 깨달았지만 반짝이는 빛을 발견하고 계속 내려왔다. 그가 다다른 곳은 희미한 불이 밝혀지고 중앙에 거대한 배(梨)가 놓인 방이었다. 한 여자가 등받이 없는 나무 의자에 등을 돌린 자세로 꼼짝 않고 앉아 있었다. 여자는 불빛 탓에 연노란색으로 보이는 흰 면 잠옷 차림이었고, 허리까지 구불구불 땋아 내린 숱 많은 머리 아래로 커다란 엉덩이 윤곽이 드러나 보였다.

"너니, 꼬마 뱃사람?"

여자가 뒤돌아보지도 않고 물었다. 여인숙 주인임을 알아본 루드빅은 더듬더듬 둘러댔다.

"아, 당신이군요." 그녀가 말했다. "아이인 줄 알고 걱정했어요. 아이가 가끔 악몽을 꾸다 깨어나곤 하니까요. 그런데 이 집은 말이에요, 내부를 모르면 길을 잃게 돼 있어요. 정면은 술통처럼 생겼지만 내부는 증류기처럼 뒤틀려 있거든요. 저 왼쪽에 보이는 낮은 문이 화장실이에요. 조심하세요, 계단이 두 개 있으니까."

루드빅은 화장실까지 조용히 걸어갔다. 화장실에서 나

오자 여자가 그를 불렀다.

"불면증이군요, 당신도? 다시 잠이 오길 기다리는 동안 시간을 때우고 싶으면 잠시 저와 함께 있어요. 거기 앉으시고요. 옆 테이블에 담배가 있답니다."

루드빅은 빛바랜 녹색 양모 플러시 천으로 싼 작은 소파에 자리를 잡았다. 그녀를 마주하고 앉은 순간 상대가 족욕을 하고 있다는 걸 알았다.

"이상한 광경이죠?" 그녀가 미소를 떠올리며 말했다. "혈액 순환 장애로 발이 아프거든요. 종종 밤중에 잠이 깨기도 해서 따듯한 물을 담은 대야에 발을 담근답니다. 유칼리나무 원액을 조금 첨가하는데 냄새가 마음에 들어요. 담배에 불 좀 붙여줄래요?"

그녀는 담배를 빨아 연기를 내뿜을 때마다 고개를 뒤로 젖혔다.

루드빅은 마을과 여인숙에 대해 그녀에게 몇 가지 물어보았다.

"마을에 대해서라면 할 말이 없거나 경우에 따라 아주 많을 수도 있어요. 어딜 가나 그렇듯이 이곳에도 현자와 바보, 선한 자와 악한 자가 있고, 풍요로운 시간이 있는가 하면 불행도 있으니까요. 이 술통 모양의 여인숙은 내 남편의 착상이에요. 술통은 남편의 모습을 따른 거고요. 빌어먹을 술꾼 같으니! 자기 관 속에도 브랜디 한 병을 넣어 묻어달라 했을 정도거든요. 실제로 그렇게 했고요."

"오래전에 돌아가셨나요?"

"아이가 태어나기 직전이에요. 아이랑 알 시간도 없었어요. 사방에 사생아를 뿌려놓고도 전혀 개의치 않은 사람이었으니 서로 알았다 한들 달라졌을 게 없겠죠. 예외라면 이 마지막 아이는 어느 날 생모가 찾아와 내게 떠넘기고 갔다는 거예요. 7개월 된 아이를 맡기고 여자는 내뺐고 그 뒤론 코빼기도 안 비쳤어요. 차라리 잘된 일이죠."

그녀는 대야에 담근 발가락을 조금 옴지락거렸다.

"물이 식었네요. 더운물을 다시 부어야겠어요."

의자에서 무겁게 몸을 일으킨 그녀가 주전자 두 개를 올려둔 버너 있는 곳까지 걸어가자 잠옷 속에 든 엉덩이가 일렁거렸다. 그녀는 주전자 뚜껑에 손을 갖다 대 물이 아직 따뜻한 걸 확인한 뒤 가져와 대야에 부었다. 오렌지색 리놀륨 바닥에 잠깐 동안 젖은 발바닥 무늬가 새겨졌다. 그녀가 작은 유리병을 열어 대야 위로 기울이자 물 위에 기름 세 방울이 형성되더니 곧 용해되면서 진한 유칼리나무 향을 퍼뜨렸다. 그녀는 숨을 몰아쉬며 다시 앉아 발을 물속에 담갔다.

"이보는 지독한 술꾼이었어요." 그녀가 말을 이었다. "그렇다곤 해도 나를 비열하게 농락하진 않았어요. 나한테 사랑을 고백하던 날에도 완전히 술에 취해 있었답니다. 내 집에 와 마당으로 함께 나가자고 했죠. 나한테 무슨 중요한 할 말이 있다고요. 그래서 따라 나갔는데 그이는 비틀거리고 있었어요. 바깥은 지금처럼 사방이 눈으로 덮여 있었고요. 그런데 그가 나보다 두 발 앞선 자리에서 멈춰 서더니 바지 앞섶을 열고 눈 위에 오줌을 누는 거예요. 아무렇게나 갈긴 건 아니고 눈 위에 내 이름을 썼어요. 블라디미라, 당신을 사랑해. 그렇게 기세 좋게 단숨에 써나간 글자들에 눈이 파였고, 글자들을 에워싸고 김이 피어올랐죠. 모종의 기품이 느껴지는 행동이었지만 그렇다고 저속한 행동이 아니라고도 할 수 없었어요. 심지어 철자의 오류까지 있었고요. 이보는 철자에 대한 개념이 전혀 없었거든요."

"그렇게 고백한 다음은요?"

"바지 앞섶을 다시 여미고 나를 향해 돌아서더니 청혼을 했어요. 그래서 그에게 다음 날 아침에 다시 오라고 했죠. 방금 전에 눈 위에 쓴 고백이 그때까지 그대로 남아 있으면 허락한다고요. 밤사이 글자가 바람에 지워지거나 눈에 덮여 흐릿해지지 않았으면 말이죠. 다음날 그가 다시 와서 함께 마당으로 나갔는데 눈도 그대로고 글자도 또렷이 남아 있더라고요. 우린 그해 봄에 결혼했죠. 식을 치르던 날 저녁에도 그는 늘 그렇듯 고주망태가 되어 꽃다발을 그러모아서는 잡탕을 만들기로 마음먹었답니다. 꽃들을 송이째 따서 커다란 팬에 몽땅 던져 넣고 센불에 볶아댔어요. 이런 미친 짓이 멈추질 않았죠. 만취 상태가 될 때마다 팬을 가져와선 손에 잡히는 건 뭐든 그 안에 넣고 요리했거든요. 그런 식으로 어느 날은 덧신을, 또 한 번은 자명종을 구웠고요. 그래도 집에 불을 낸 적이 한 번도 없다는 게 기적이에요. 집이 온통 나무로 된 술통인데 말이죠. 어쨌거나 그이는 프라이팬에 뭐든 던져 넣는 이 기벽 때문에 죽었어요."

"폭탄을 넣고 구웠나요?"

"천만의 말씀이에요. 물에 빠져 죽었거든요. 가을밤이었는데 이미 날씨가 아주 추웠어요. 얼근히 취한 그는 마찬가지로 취한 두 친구와 함께 길을 가다가 마을 어귀에 있는 연못 근처를 지나게 되었죠. 그때 물 위에 떠 있는 백조 한 마리가 보였어요. 그러자 그가 깃털 달린 그 멍청한 짐승의 모가지를 비틀어 팬에 넣고 굽겠다고 소리를 쳤어요. 그러고는 옷을 벗고 팬티와 양말 차림으로 고함을 지르면서 연못 속으로 뛰어들었죠. 얼어붙은 물속에서 이보는 손발을 세 번 놀리기도 전에 돌덩이처럼 가라앉고 말았어요. 다음 날 아침이 되어서야 그의 시신을 건져냈죠. 백조는 늘 그렇듯 연못에서 우아한 자태를 뽐내며 떠다녔고요. 하얀 망각처럼, 무관심처럼, 새하얀 모습으로 말이죠. 나 역시 그걸 잡아서는 니콜라오스 성인의 홀장 같은 그 기다란 목을 비틀고 깃털을 뽑고 싶었답니다. 하나씩 하나씩 모조리. 하지만 실제로 일어난 일은 정반대여서, 그 짐승이 내 머리를 비틀고 내 마음의 깃털을 잡아 뜯었죠. 아, 나쁜 놈!"

"무슨 말이죠?"

"자, 오늘 저녁은 그만합시다. 벌써 네 시간이 흘렀네요. 이젠 가서 좀 자야 하지 않겠어요?"

그렇게 말한 뒤 블라디미라는 붉게 달아오른 발을 대야에서 빼 수건으로 닦은 다음 두꺼운 모직 양말을 꿰신었다. 루드빅은 자리에서 일어나 잘 자라는 인사를 건넸다.

"이제 잘 수 있을지 모르겠네요." 블라디미라는 한숨을 쉬었다. "두 시간 있으면 일어나야 해서요. 어쨌거나 밤에 또 잠이 오지 않거든 망설이지 말고 이곳으로 와요. 이젠 이 술통 바닥까지 내려오는 길도 아시니까요."

다음 날 아침은 하늘이 흐렸다. 루드빅은 방에 남아 노트를 꺼내 읽으며 페이지를 들척였다. 그러다 동일한 사건에 대해 발생 날짜를 달리해 몇 페이지 간격을 두고 두 차례나 기록해 두었음을 발견했다. 그중 한 페이지에는 그 사건을 다룬 저서에서 자신이 발췌해 옮겨 적은 짧은 글까지 들어 있었다. 다비드 간스*의 『체마흐 다비드』라는 책이었다. 그는 그 구절을 읽었다.

"은혜로우신 성상, 찬란하고 영광스러운 빛의 근원이신 우리의 루돌프 황제께선 — 찬미 받으소서, 폐하! — 진리를 갈망하시어 가온이신 우리의 랍비 뢰브 벤 브살렐을

---

* David Gans(1541~1613), 유대인 연대기 작가며 수학자, 역사가, 천문학자.

곁에 부르시어 넘치는 자애로 맞으시며 대등한 사람들끼리 그러하듯 얼굴과 얼굴을 맞대고 대화를 나누셨다. 대화의 요지와 중요성은 비밀로 봉인되어 수수께끼로 남아 있다. 5352년 아달월 3일 일요일."

또 다른 페이지에도 그는 이 만남에 대해 기록해 두었는데, 날짜는 다른 이의 증언에 따라 5352년 아달월 10일로 되어 있었다. 이 근소한 차이가 사실 그리 중요한 건 아니었지만, 루드빅은 이 날짜들을 교회력으로 정확히 재현하기가 쉽지 않다는 사실이 마음에 걸렸다. 그런데 같은 사건을 두 번이나 기록하게 된 이유를 기억해 낼 수 없었다. 당시의 연대기 작가가 사건에 부여한 중요성도 있겠지만, 메시아적 차원의 수수께끼로 간주된 접견에서 마하랄이 맡은 괄목할 만한 역할 탓일 수 있었다. 큰 기대를 품게 한 접견이었으니 말이다. 기독교 세계와 뿔뿔이 흩어진 이스라엘 민족 간 화해의 기대, 그건 이 민족이 견디어 낸 고통이 끝났음을 알리는 것이기도 했다. 하지만 대화의 내용은 비밀로 봉인된 채 남게 되었고, 애초의 큰 기대는 역사가 증명하듯 곧 재와 피눈물로 화하고 말았다. 무한에 대하여, 세월의 밑바닥에서 솟구쳐 노래와 절규와 침묵 사이에서 끊임없이 흔들리는 술렁임에 대하여, 얼굴을 맞대고 허심탄회한 대화를 나누었던 두 사람 덕분에 한순간 촉발된 기대였다.

오후로 접어들면서 안개 사이로 햇빛이 모습을 드러

냈고 루드빅은 산책을 하러 나갔다. 이곳에 도착했을 때와 마찬가지로 사방이 반짝이는 눈 천지였다. 땅과 하늘, 물, 나무들도 숨을 멈추고 소리를 죽였다. 루드빅은 블라디미라를 다시 떠올렸다. 한밤중 자신의 술통 바닥에 자리 잡고 앉아 이야기를 늘어놓으면서 과거에 일말의 수액을 공급하고 죽은 남편에게 다소나마 생기를 불어넣는 여자였다. 근방엔 어느 가을 저녁 그녀의 남편이 익사한 호수가 있었다. 푸르스름한 커다란 타원형의, 감긴 눈꺼풀 같은 얼어붙은 물. 그 눈꺼풀 안엔 그곳에서 죽음을 맞은 이에 대한 어떤 추억도 염려도 남아 있지 않았다. 추억과 괴로움은, 세월이 감에 따라 기억을 전설로 화하게 하는 살아남은 자들의 것이었다.

루드빅은 가판점 안에 갇혀 있던 노인 생각도 했다. 자신이 담기엔 너무 큰 기억, 도가 지나친 잔인한 기억으로 미쳐버린 사람이었다. 진흙과 검댕의 색깔을 띤, 지저분한 도시의 눈으로 더럽혀지고 망가진 그 가판점도 떠올랐다. 그러더니 동방박사들의 모습이 머릿속에 다시 나타났다. 바람을 거슬러 몸을 숙인 채 손에 사발을 하나씩 감싸 쥐고 잿빛 사막을 걸어가는 갈색과 회색의 세 실루엣. 연이어 그 네거티브 이미지가 떠오르며, 마찬가지로 몸을 숙인 세 실루엣이 유백색 세찬 바람을 거슬러 힘겹게 나아갔다. 색조뿐 아니라 걷는 방향까지 반대인 두 광경이 포개지지 않은 채 이어졌다. 머릿속에 끈질기게 떠오르는 이 느린 이미지는 루드빅 자신도 납득할 수 없는 연상 작용에 의해 또다시 브룸을 환기시켰다.

브룸에 대해서라면 마지막 방문 이후 지금처럼 많이 생각해 본 적이 없었다. 11년간의 부재와 그에 따른 망각에 이어 그 방문으로 인해 위대한 브룸이라는 인물에 대한 삭제 과정이 완료되었고, 대신 헐벗고 비장한 모습으로 죽음과 암투를 벌이는 노인이 등장했다고 할 수 있었다. 그렇다면 머릿속에 끊임없이 떠오르는 이 희미한 기억들을 정말로 어떤 사고의 작용이라 할 수 있을까? 그보다는 수동적인 생각에 가까워서, 꿈의 파편들과 미세한 떨림과 정신적인 동요가 그 속을 수시로 넘나들었다. 불쑥불쑥 모습을 드러내는 동방박사들의 모습과도 흡사했다. 우리와 어느 정도 가깝거나 가까웠던 존재가 임종에 들 때면 그에게서 모종의 기운이 주변으로 퍼져 나오는지도 모를 일이었다. 희미한 광채, 속삭이는 소리들로 손상된 침묵, 매서운 한기 혹은 감미로움 같은, 뭐라 규정하기 어렵고 만질 수도 없는 무엇이었다. 출범 직전인 심장의 고동은 매번 더 희미해지고 느려지고 고통스러워지는데, 그것이 경계 태세에 든 다른 이들의 심장에까지 은밀히 울려 퍼진다고나 할까.

루드빅은 빙판으로 덮인 오솔길들을 따라 걸었다. 주위에 끝없이 펼쳐진 백색 공간과 차갑게 윙윙대는 숨찬 바람 탓에 그는 수동적인 생각들에 갇혀 더한층 외톨이가 되었다.

"어디까지 이야기하다 말았죠?" 블라디미라가 물었다.
그녀는 손님의 또 한 번의 야간 방문에 조심스레 대비해 잠옷 위에 녹색과 검은색 바둑판무늬가 든 면 실내복을 입고 있었다.
"마음의 깃털을 잡아 뜯은 백조 얘기였어요." 루드빅이 소파에 다시 자리 잡으며 말했다.
"아, 그래요! 그 빌어먹을 새…… 나는 몇 날 몇 주를 그 연못가로 돌아와 이보가 죽음 속으로 곧장 뛰어든 장소에 꼼짝 않고 멈춰 서서 물 위를 떠다니는 백조를 바라보았어요. 그놈이 내 머릿속을 온통 점령한 채 누비고 다녔죠. 질문들로 머릿속에 구멍을 뚫어놓기도 했고요. 난생처음 나 자신에게 질문을 하게 된 거예요. 이건 왜 이렇고 저건 왜 저런지, 산다는 건 뭐고 죽는다는 건 뭔지, 이 땅에서 우린 무얼 하고 있는지, 하느님은 존재하는지 존재하지 않는지 등등, 누구나 마음속에 품고 다닐 법하지만 막상 나 자신은 한 번도 성찰할 생각을 하지 않았던 일련의 의문들이었어요. 답변을 찾아내지는 못했죠. 아니, 찾아냈다는 편이 옳겠지만 각각의 답변이 정반대의 답변을 동반해 이중의 양태를 띠었고, 그래서 늘 원점으로 돌아오곤 했어요. 아주 어리석은 질문도 하나 있었는데, 다른 어떤 질문보다 나를 괴롭혀 댄 바보 같은 질문이었어요. 과연 내가 이보를 사랑했던 걸까, 뭐든 내가 사랑해 본 적이 있었을까, 하는 질문이요. 또 사랑한다는 건 무얼 의미하는가, 하는 질문도 했어요. 난 마음이 텅 비고 강퍅해진 기분이었죠. 사람들의 눈을 똑바로 들여다보면서 그들의 살을 뚫고 내장까지 파 들어가 그 안에 뭐가 있는지 보겠다는 기세였고요. 사랑이 뭔지 그들은 알고 있는지 궁금했으니까요. 그러자 사람들은 눈을 내리뜨고 고개를 돌리며 내 시선이 사납다고 했어요. 난 손님들을 달아나게 만들었고, 입맛이 떨어지게 했죠. 나 자신은 아예 살맛을 잃었고요. 더 이상 잠을 이루지도 못했는데, 밤에도 물음표 같은 목을 세운 백조가 다시 보였거든요."

"결국 답변을 찾아냈나요?"

"차라리 답변이 내게로 왔다는 편이 옳아요. 답변이라기보다는 반복되는 절박한 상황의 되풀이였어요. 마치 문제를 해결한 사람마냥 행동해야 했으니까요. 그 여자가 찾아와 이보가 낳은 사생아를 내 품에 던져놓고 갔거든요. 몇 킬로의 살과 신경, 웃음과 눈물이었죠. 불쾌한 대가리의 백조는 머릿속에서 사라지고 아이가 대신 자리 잡았어요. 사랑한다는 건 아마 타인을 있는 그대로 받아들이고 그들이 필요로 하는 만큼 보살핀다는 뜻일 거예요. 마다하는 기색 없이, 구체적인 대가를 요구하지도 않고요. 사랑한다는 건 우리가 품은 관념들이 아니고 그날그날의 행동이고요. 호숫가에서 스스로에게 던진 질문들은, 특히 이보와 관련된 질문은 모두 잘못된 것들이었죠. 우린 살아 있는 사람을 사랑해야 하는 거지, 나중에 모든 게 끝나고 나서가 아니에요. 안 그런가요?"

한밤의 대화 중에 블라디미라가 던진 이 질문은 루드빅의 머릿속에 오랫동안 남아 있었다. 그는 에스테르를 사랑했을까? 물론이다. 열정적으로. 하지만 열정이라는 게 길을 잘못 든 사랑은 아니었을까? 그렇다. 겉보기엔 그렇다. 대가로 무언가를, 즉 상대를 온전하고도 전적으로 소유하기를 기대했으니까. 진정한 사랑의 낌새라도 간파하려고 그 열정에 깃든 폭력과 모순, 환상, 무절제 밑으로 깊이 파고들어 가야 했지만, 간혹 아무것도 찾아내지 못할 때도 있었다. 루드빅은 자신의 기억과 마음과 의식 구석구석을 뒤지고, 파헤치고, 탐사하고, 살폈다. 에스테르를 향한 생각 속에는 질투와 분노와 혐오와 원한이 여전히 널려 있었다. 그녀를 떠올리면 어김없이 괴로움에 휩싸였다. 혼란과 날카로운 비애가 뒤섞인 감정이었다. 그래도 포기하지 않고 그 모든 잔해와 잉걸불과 찌꺼기 밑을 파고들었는데, 난데없이 자신이 맨손 안에 에스테르의 얼굴을 떠받치고 있음을 느꼈다. 그 얼굴은 이제 단순한 연인의 얼굴이 아니라 개개의 무수한 타인들 가운데 유일무이한 한 인간의 얼굴이었다. 한도 끝도 없는 부드러움만을 갈망하는 자신의 손만큼이나 헐벗고 상처 입기 쉬운 얼굴. 사막

한복판에서 양손 안에 담아 올린 맑은 물 같은 얼굴. 그녀를 사랑했음을, 열정을 훨씬 넘어서서 사랑했음을, 의심의 여지 없이 사랑했음을 그는 알았다. 돌이킬 수 없을 만큼 그녀를 사랑했음을 깨달았다. 그러자 처음으로 일체의 분노와 적개심이 사그라졌다. 그녀를 향했던 사랑의 아름다움과 감사의 정으로 인해 그 오래된 비애로부터 원한의 감정이 모조리 제거되었다. 비애는 여전히 남아 있었지만 상처 입어 기진맥진한 짐승처럼 경이로운 세계의 문턱에 몸을 누일 것이었다. 낑낑대지도 으르렁대지도 않으며, 아무것도 기대하지 않는 모습으로.

다음 날 저녁 그는 블라디미라가 정화의 물을 담은 사기대야에 발을 담그고 통증을 달래는, 유칼리나무 향 가득한 낮은 천장의 방으로 내려가지 않았다. 그는 책 한 권을 손에 든 채 침대에 길게 누워 있었는데 눈길이 책의 페이지들보다 벽 쪽으로 더 자주 쏠렸다. 이런 부주의에는 묘한 긴장이 감돌았다. 깨어 있어야 한다는 의무감을 느끼면서도 막상 기다림의 대상이 무엇인지는 파악할 수 없었다. 책을 무릎 위에 올려두고 불도 그대로 켜둔 상태로 그는 옷을 입은 채 잠이 들었다. 다음 날, 그다음 날도 마찬가지였다. 온종일 눈 덮인 하얀 길들을 정처 없이 성큼성큼 걸어 다녔다. 그 어디로도 통하지 않는 의미 없는 길들이었다. 빛과 추위로 떨리는 야외의 미로. 이따금 바람이 윙윙대거나 울부짖었고, 멀리서 들리는 나뭇가지 부러지는 소리나 날카로운 새 울음소리에 정적이 더한층 뼈에 사무쳤다. 그는 시선을 눈(雪)에, 청각을 메마른 정적에, 생각을 허공에 비끄러맸다. 간혹 지평선에 동방박사들의 행렬이 순식간에 나타났다가 사라지면 살짝 현기증이 느껴지기도 했다. 날이 저물어서야 추위와 고독에 얼어붙은 모습으로 백색 공간에 몸과 마음이 온통 사로잡힌 채 돌아왔다.

그는 일찌감치 저녁 식사를 하고 여인숙 손님들과 카드 게임을 몇 판 했다. 테이블들 사이를 뛰어다니던 아이가 간혹 그 밑으로 슬그머니 기어들어가 바닥에 웅크리고 앉은 채 게임하는 이들의 장황한 이야기에 귀 기울였다. 젊은 종업원인 파블린카가 아기 고양이를 쫓아내듯 그를 숨은 곳에서 끄집어냈는데, 그러면 아이는 웃으면서 몸을 빼고 계단을 달려 올라가 늘 그렇듯 소리를 지르며 아래로 돌진했다. 그렇게 달려 내려오는 루보섹을 루드빅이 받아낸 어느 저녁, 아이는 숨이 차 헉헉대면서도 그를 똑바로 쳐다보며 말했다.

"다른 사람들은 모두 쉴 새 없이 이야기하는데 왜 아저씬 아무 말도 안 해요?"

"난 듣는 걸 더 좋아해." 루드빅이 대답했다.

"저도 그래요. 듣는 게 좋아요. 아저씬 아는 이야기 없어요?"

"아니, 있어. 네가 원하면 내일 하나 들려줄게." 루드빅이 아이를 바닥에 내려놓으며 약속했다.

"어떤 이야긴데요?"

"모비 딕 이야기."

"그게 누구죠?"

"이곳 산들만큼이나 어마어마하게 큰 흰고래."

"그게 무얼 하는데요? 고래 말이에요."

"대양에 살아. 여기 하늘만큼이나 넓은 대양. 거기서 싸움을 한단다."

"누구하고요?"

"아합 선장."

"그 사람은 얼마나 커요?"

"먼바다에 나와 있는 사람이라면 그럴 만큼. 폭풍우처럼 사나운 심장에다 고래 뼈 다리를 가진 사람이야."

이 말에 아이는 감탄을 금치 못하며 눈이 휘둥그레졌다. 하지만 블라디미라가 부르며 재우러 데려가는 바람에, 더 많은 내용을 알아내기 위해선 다음 날 아침까지 기다려야 했다.

마지막 날 저녁, 루드빅은 블라디미라에게 작별을 고하러 내려갔다. 화사한 꽃무늬 숄을 두른 그녀는 이번엔 등 없는 의자가 아닌 안락의자에 앉아 있었으며, 족욕을 하고 있지도 않았다.

"당신을 기다리고 있었어요." 그녀가 말했다. "내일 이른 아침에 떠나시지만, 그래도 잠시 함께 시간을 보낼 수 있을까요?"

루드빅은 한참 동안 그녀 곁에 남아 낮고 아름다운 그 목소리에 귀 기울였다. 변함없이 고른 톤의 단순명료한 이야기였다. 그녀는 사람들을 판단하지 않았고, 세상에서 차지하는 그들 현전의 무게와 그들 마음에 담긴 자애의 정도만을 평가했다. 선과 악에 대해 떠들어 대는 건 그녀의 관심 밖이었다. 그녀가 단 한 번도 후회나 불평의 말을 내뱉지 않았다는 사실 역시 루드빅은 간파했다.

자신의 방이 있는 층으로 오르던 그는 층계 모퉁이에 웅크리고 앉은 아이를 발견했다. 아이는 잠들어 있었다. 다시 내려가 블라디미라에게 말하는 게 망설여졌던 건, 그녀가 방금 전에 자기 방으로 물러났기 때문이었다. 루드빅은 아이가 깨지 않게 품에 안아 들고 복도까지 걸어갔다. 하지만 어느 방이 아이 방인지 알 수 없어 아이를 자기 방으로 데려와 침대 위 자신의 옆자리에 눕혔다.

아이는 아주 규칙적이고도 깊게 숨을 쉬었다. 루드빅은 눈 속에서 한참을 헤매며 쏟았던 벌거벗은 주의력을 동원해 이 숨소리에 귀 기울였다. 바닷가에서 시작도 끝도 없는 자신들의 이야기를 되뇌는 물의 속삭임에 귀 기울이듯, 숲 언저리에서 나뭇가지들 사이를 달리며 울려 퍼지는 살랑대는 바람 소리에 귀 기울이듯. 문밖 세상 가장 먼 곳에서 들리는 목소리인 동시에, 더없이 은밀한 내면에서 들리는 목소리였다. 아이의 숨소리에 대응해 바람이 세차게 으르렁댔다. 최면을 거는 듯싶은 주제의 온전한 간결함과 엄격한 아름다움을 지닌 긴 악구. 아이와 바람. 두 음조와 두 빠르기에 실린 동일한 숨결. 여림과 강함, 이 하나의 신비가 땅 위에서 길을 열어갔다.

평온한 며칠을 보낸 뒤 루드빅은 갑자기 대상도 이유도 알 수 없는 어렴풋한 불안이 마음속에서 머리를 쳐드는 걸 느꼈다. 곧 역으로 돌아가 집으로 가는 대신 가방도 지도도 나침반도 없이 홀로 길을 떠나 불확실한 어떤 국경을 불법으로 넘어가야 할 사람마냥 그는 낯선 고뇌에 사로잡혔다. 그래도 잠이 들긴 했다. 바람이 쓸고 지나가는 짧은 잠이었다. 어떤 꿈도 형태를 취하지 못했고 어떤 형상도 머무를 수 없었던 건, 바람이 쉴 새 없이 불어닥쳐 모든 걸 흐트러뜨리고 쓸어갔기 때문이었다. 바람은 동방박사들의 환영마저 데려가 버려, 그저 세 개의 창백한 천 자락이 하늘과 맞닿은 지구의 표면을 전속력으로 굴러갔다.

그가 일어났을 때에도 아이는 여전히 자고 있었다. 블라디미라가 이미 홀에 나와 있어 두 사람은 함께 커피를 마셨다. 그는 계단 위에 있던 아이를 발견해 자신의 침대에서 재우게 된 경위를 그녀에게 설명했다.

"저 애 아버지가 술통 모양의 집을 생각해 냈죠. 저 애는 이 집을 상상의 바다 위를 떠다니는 배라 고집하고요. 홀은 주갑판, 이층 공간은 상부갑판, 내 방은 선창이며 다락방은 장루에 해당해요. 손님들은 해적 무리고, 파블린카는 갈매기였다 고래였다 하죠. 나한텐 중요한 직책을 맡겨

서 뱃머리에 장식된 조각상이 되게 했고요! 그러니 파도가 잠잠할 수밖에 없죠! 당신은 뭔지 아세요? 저 애는 당신을 선장으로 삼을 작정인 듯해요. 당신이 들려준 고래 이야기에 흠뻑 빠졌거든요. 당신을 보고 싶어 할 겁니다. 틀림없이 당신을 찾다가 그 계단에 있었을 테고요. 잠에서 깼을 때 선장실에 와 있다는 걸 알면 좋아하겠지만 더 이상 당신이 거기 없을 테니 슬퍼하겠죠."

바깥에선 바람이 쌩쌩 불고 있었다. 루드빅은 장밋빛과 젖빛 석영처럼 얼어붙은 눈 울타리를 따라 좁은 길을 내려갔다. 햇빛이 이미 산꼭대기들을 훑고 지나가며 안개를 아래로 계속 몰아내고 있었다. 그는 지난 며칠간 그랬던 것보다 훨씬 풍경에 세심한 주의를 기울이며 걸어갔다. 그 허허로운 공간을, 맨살을 드러낸 찬 공기를 들이마셨다. 설원이 백색의 침묵과 냄새를 뿜어내고 있었다. 시간이 정지한 것만 같았다. 초시간(超時間)의 혹독한 공허감이 시간의 잡음을 뚫고 들어가 그 흐름을 차단했다.

멀리 도로변에 꼼짝 않는 짙은 자줏빛 작은 형체가 불쑥 눈에 띄었다. 가까이 다가가면서 보니 여덟 살가량 된 어린아이였다. 보라색 파카 차림의 아이는 연회색 털모자를 눈썹까지 내려 쓴 모습이었다. 아이는 몸을 살짝 내민 자세로 주변을 탐색하듯 고개를 좌우로 천천히 돌리곤 했다. 아이가 머리를 움직일 때마다, 헝클어진 술이 달린 길게 꼰 모자 줄이 시계추처럼 오갔다. 땅바닥을 열심히 살피는 걸로 미루어 ― 여자아이인지 남자아이인지는 알 수 없었지만 ― 애착하는 어떤 물건을 찾는 것 같았다.

"뭐 잃어버린 게 있니?" 루드빅이 아이에게 물었다. 아이는 갑자기 몸을 세우더니 모자 밑 침울한 눈으로 그를 쳐다보며 대답 대신 쏘아붙였다.

"아저씨는요?"

짙푸른 눈을 한 어린 소년이었다. 아이는 몹시 성이 나 보였는데, 루드빅은 여인숙에 머무른 첫날 저녁 애처롭게도 계단 아래로 구른 루보섹의 성난 얼굴이 떠올라 웃음을 터뜨렸다.

"그렇게 크게 웃지 말아요." 아이가 뚱한 소리로 말했다. "새들의 그림자가 달아나 버리잖아요!"

"그림자라고?" 루드빅이 놀라 물었다. "그것들이 웃음소리를 무서워하니?"

"아무것도 무서워하지 않아요. 아무도요. 하지만 시끄러운 소리는 안 좋아해요."

이미 돌아선 아이는 상대에겐 전혀 신경 쓰지 않고 다시 땅을 살펴보았다. 그런 다음 호주머니에 손을 넣어 무슨 알갱이를 한 움큼 꺼내더니 날아가는 새 그림자가 진 눈 위에 던졌다. 그러자 그림자는 한순간 꼼짝도 하지 않았다. 루드빅이 고개를 들고 보니 떼까마귀 한 마리가 그림자와 수직을 이루며 공중에 정지해 있었다. 소년이 또다른 떼까마귀 그림자에 다시 알갱이를 한 움큼 뿌리자 그 이상한 일이 똑같이 벌어졌다.

"무얼 하는 거니?" 루드빅이 물었다.

"보다시피 새 그림자에 모이를 주는 거예요."

"어이없는 생각이군! 몸과 깃털이 있는 새가 배가 고프지, 그 그림자는 아냐."

"저도 알아요." 아이는 그렇게 말하면서도 허깨비 새들에게 계속 모이를 주었다. 아이가 던지는 모이는 눈 위에 머무르지 않고 곧 사라진다는 걸 루드빅은 눈여겨보았다. 눈에 닿으면 녹아버리는 듯했고, 떨어진 자리엔 작은 구멍이 파였다. 쇠 부스러기나 화염 알갱이를 던져 넣기라도 한 듯 새 그림자들엔 구멍이 숭숭 뚫려 있었다.

"그런데 네가 던지는 그 새 모이는 뭐니? 부식성이 아주 강해 보이는걸."

그러자 그 모이처럼 부식성 강한 답변이 터져 나왔다.

"소금이에요."

이 말에 루드빅은 깜짝 놀랐다. 그러면서 사람들이 아이들에게 들려주는 어떤 이야기를 떠올렸다. 새 꼬리에 소금을 부으면 새를 잡을 수 있다는. 아직 그런 이야기를 믿을 수 있는 나이의 소년이기에 루드빅은 안심하고 놀이에 가담했다.

"소금이라고? 좋은 아이디어군. 그런 식으로 새 그림자를 벌써 많이 잡았겠구나?"

새잡이 꼬마는 이 어리석은 질문에 대답할 생각은 않

고 그저 루드빅을 쏘아보기만 했다. 가지고 있던 소금이 동난 아이는 양팔을 늘어뜨린 채 꼼짝하지 않았는데, 추위에 입술과 손톱이 파랬다. 루드빅은 더 이상 질문을 할 엄두를 내지 못했다. 스스로가 좀 우스꽝스럽게 여겨졌고, 이 무뚝뚝한 꼬마 역시 혼자 있고 싶어 하는 게 분명했다. 그래서 자리를 뜨려는데 그 순간 아이가 입을 열었다.

"잡다니요, 저속한 말이에요. 아주 멍청한 말! 아저씨가 하는 말은 아저씨 웃음소리랑 같아요. 잡음, 그저 잡음이에요."

아이는 분노도 멸시도 담지 않은, 오히려 서글픔이 전해져 오는 희미한 목소리로 말했다. 이 서글픈 어조에 루드빅은 마음이 흔들리고 심지어 불안하기까지 해, 그 건방진 꼬마를 냉대하기는커녕 상냥한 태도로 말을 받았다.

"알겠다, 입을 다물게. 사실 이젠 가야 하기도 하고. 그 전에 너한테 듣고 싶은 말이 있단다. 새 그림자에 소금을 뿌리면서 무슨 생각을 하니?"

아이는 심호흡을 한 뒤, 무한한 백색 공간 속에서 여전히 길을 잃은 시선으로 들릴 듯 말 듯 대답했다.

"이 그림자들은 어둠 속에 빛나는 별 같고, 들판 위에 드리워진 구름 그림자 같고, 우리가 사랑하는 사람들의 미소 같아요. 붙잡을 순 없지만 그것들과 한마음이 되고 약속도 할 수 있고요. 그들을 절대 잊지 않겠다고 스스로 다짐하는 거예요. 사람들하고만 우정을 맺는 건 아니거든요.

우린 동물이나 식물, 나무, 빛, 돌, 바람을 비롯해 온갖 원소들과 우정을 맺어요. 사물들, 스쳐 지나가는 모든 아름다운 것들과 단순하고도 상냥한 우정을 맺고요. 누군가에게, 무언가에 우정을 표한다는 건, 상대에게 정직할 거며 신의를 지키고 상대를 존중하겠다는 계약을 맺는 거예요. 소금은 환영과 환대의 표시로 바치는 거고요. 난 사랑하는 모든 것에 소금을 뿌려요. 내 기억 속에 받아들이고 내 마음속으로 초대한다는 의미예요."

루드빅은 이 말을 듣고 너무 놀라 감정을 숨길 수 없었다.

"그런데 넌 누구지? 또래 아이들처럼 말하지 않는구나…… 이름이 뭐야?"

그러자 아이가 난데없이 그를 향해 돌아서더니 어린 야만인처럼 대들 기세였고, 말을 한다기보다 소리를 질렀다.

"이름이 뭐 중요하죠? 내가 누구며 이름이 뭔지 알아서 뭐 하게요? 내가 또래 아이들처럼 말을 하는지 안 하는지 아저씨가 어떻게 알아요? 난 아저씨가 내 나이였을 때 말했던 것처럼 말하는데 아저씨가 그 사실을 잊어버린 거예요. 아저씬 모든 걸 잊어버렸거든요. 만사에 시큰둥해지고, 기억이라는 소금이 누렇게 변질되게 놔뒀거든요. 세상과 맹세하고 사람들과 맹세한 우정의 기억이 손상되도록 그냥 뒀어요. 쯧쯧!"

아이는 고개를 저으며 연보랏빛 뾰로통한 입술로 돌아섰다. 그리고 몇 발짝 걸어가 비탈길 가에 있는 희고 둥근 지붕 모양의 덤불 가까이에서 몸을 숙였다. 그러더니 눈 덮인 잔가지들 밑에서 작은 나무 썰매를 꺼내 잽싸게 올라탔다.

"기다려!……"

루드빅이 한 걸음 떼며 손짓을 하면서 외쳤다. 그런데 갑자기 목구멍이 조여들어 거친 숨소리밖에 나오지 않았고, 추위에 온몸이 욱신대며 제자리에서 그저 휘청대기만 했다. 자신의 심장이 아이의 손톱과 입술만큼이나 파랗게 질려 있다는 느낌이었다.

썰매는 천천히 달리기 시작하더니 속도가 붙어 곧 비탈길을 전속력으로 미끄러져 내려갔다. 아이의 머리 뒤통수에서 모자의 방울 술이 미친 시계추처럼 흔들렸지만 아이는 금세 눈송이만 한 크기로 작아졌고 자줏빛 실루엣도 동일한 속도로 멀어져 갔다. 루드빅은 썰매 탄 남자아이를 눈으로 좇으며 멀리서 그저 검은 점 하나가 분간될 때까지 바라보았다. 자신의 유년기가 그렇게 달아나고 있다는 느낌이었다. 그에게 불가능한 해명을 요구하며 들고 일어선 뒤 화가 나서 서둘러 가버린다는.

결국 그는 다시 걷기 시작했다. 이 만남으로 인해 여행이 몹시 지체되었기에 발길을 재촉해야 했다. 무엇보다 낯선 시간 속으로 옮겨진 듯한 기분이었다. 현재의 변두리로 밀려나 걷고 있다고나 할까, 아니, 상이한 두 시간대 사이에서 절뚝거린다는 편이 옳았다. 무빙워크 위를 걷는데 핸

드레일이 나아가는 속도가 더 느리다는 느낌. 두 발은 가볍고 민첩하지만 핸드레일 위의 손은 나른하기만 하고, 몸은 자신을 실어 가는 주변의 활기찬 리듬과 균형을 이루지 못한다는 불안감에 어렴풋이 사로잡혔다. 버스를 타고 연이어 기차를 타고서도 여행 내내 이런 기분이 지속되었다. 길가에 불길한 새처럼 서 있던 사나운 꼬마를 그저 지나쳤을 뿐인데, 그가 블라디미라의 술통 같은 집에서 찾아낸 마음의 안정이 졸지에 도난당해 사라진 것이다. 꼬마 선원 곁에서 맛보았던 감미로움과 설원이 선사한 깊은 침묵 또한 마찬가지였다. 여행하는 동안 두세 차례 머릿속에 떠오른 뚱보 루드밀라 이야기는 더 이상 그를 웃게 만들지도, 그의 고뇌를 가라앉혀 주지도 않았다. 짜릿함도 재미도 모두 잃고 만 그 이야기에 관심이 없어진 건, 그 성가신 인간들과의 만남에서 초래된 거북함 때문이었다. 아무 데서나 불쑥불쑥 나타나 꾸지람이나 조롱 아니면 지리멸렬한 암시를 던져놓는 이들이었다. 그렇게 혼란을 퍼뜨린 자들은 대체 무엇을, 누구를 염두에 두고 말한 것일까? 몇몇은 같은 순간 루드빅의 머릿속을 스쳐 지나간 어떤 생각과 의심과 몽상을 그런 식으로 무심코 표명한 게 아닌가 싶었고, 또 다른 몇몇은 졸지에 그의 무의식이나 의식의 — 이번엔 그의 유년기의 — 대변자를 자처하지 않았나 싶기도 했다. 하지만 모호하고 그다지 조리에 닿지도 않는 말들이었다. 그렇게나 많은 말을 했으면서도 한 말이 별로 없었고, 이 점이 루드빅은 무엇보다 못마땅했다. 매번 그런 식으로 기습당해 당황해하면서 임기응변의 재주나 즉각적인 반응을 보이지 못하는 자신에게 화가 났다. 이런 공격을 당한 뒤면 뭐라 형언할 수 없는 의심의 나락으로 떨어져 내릴 수밖에 없었다. 그러면서 오래전부터 내면에 쌓여온 권태의 앙금이 조금씩 걷혔고, 심장을 옥죄던 환멸과 무기력감도 사라져 갔다. 그렇다고 활기와 욕구와 열광을 되찾은 건 아니었다. 겉으로 드러나지 않게 그저 조금씩 벌거벗겨졌다. 그를 감싸고 있던 단단한 껍질이 부서지고 무관심에 균열이 가고 마지막 남은 확신들이 갈라지면서 공허가 더 크게 아가리를 벌렸다. 그의 안에 펼쳐진 눈과 먼지의 사막에 포위당한 이성은 점점 더 확대되어 가는 불확실성 속으로 천천히 부유해 들어갔다. 현실이 둘로 보이는가 하면 폭삭 무너져 내렸고, 경계와 지표가 지워졌다. 내면에서 일어나는 기이한 탈바꿈과 점차적인 인지기능 장애에 시달리고 있는 느낌이었다. 그러나 이 장애의 원인과 성격을 더 철저히 규명해 들어갈 수 없었던 건 어렴풋한 공포 때문이었다. 미친 사랑의 우여곡절 속에 너무 깊이 연루되었던 터라, 이제 그는 지나침과 무질서의 지대를 모조리 불신했다. 이 순간 그가 느끼는 그것은 사랑의 열정과는 전혀 무관했다. 그렇긴 해도 그의 안에서 일어나기 시작한 이 탈바꿈은 그 혼란스러운 감정들 — 파괴적인 열의, 환희에 찬 불안 — 과 걱정스러울 만큼 흡사한 데가 있었다. 자신의 내면으로 너무 깊이 내려가고 싶지 않았던 그는 지독한 사랑의 먼바다로 다시 출항할 생각도 없었다. 타인들과의 관계에서 그렇듯 스스로에 대해서도 거리를 유지했다.

집으로 돌아와 익숙한 공간에 다시 자리 잡고서야 루드빅은 브룸과 에바를 등한시했음을 깨달았다. 산에 머무른 첫 며칠은 브룸에 대해 이런저런 생각을 한 게 사실이다. 하지만 그것들은 매번 잿빛의 창백한 동방박사들의 모습과 서서히 오버랩되며 뒤섞여 희석되었고, 뒤이어 동방박사들의 모습마저 눈 속에 용해되었다. 결국 그는 전화를 걸지도 편지를 쓰지도 않고 만 것이다. 아주 늦은 시각이라 그는 에바에게 전화하겠다는 결심의 실행을 다음 날로 미루었다.

다음 날 아침 그는 내려가 몇 가지 장을 보았다. 집으로 돌아와 우편함을 열어보니 편지 한 통과 광고지 세 장이 들어 있었다. 전날 저녁에도 열두 통은 되는 편지와 잡동사니 전단들을 꺼냈는데 말이다. 자세히 살펴볼 시간이 없었던 우편물 더미에 함께 던져둘 생각으로 새 편지를 무심코 호주머니에 넣는 순간 봉투에 찍힌 소인이 눈에 띄었다. T시의 우체국 소인이었다. 그는 기다렸다가 집에 들어가 편지를 여는 대신, 방금 전에 산 롤빵들로 채워진 봉지와 우유병을 겨드랑이에 낀 채로 계단을 오르며 봉투를 찢었다. 에바가 쓴 가늘고 반듯반듯한 글씨 몇 줄이 담긴 평범한 카드 한 장이 들어 있었다.

'삼촌은 2월 23일 일요일 초저녁에 돌아가셨어요. 삼촌의 소원대로 시신은 화장됩니다. 장례식은 아직 미정이에요.'

루드빅은 시야가 흐려져 잇따르는 두 줄을 읽지 못했다. 그러니까 브룸은 전전날 저녁 자신이 블라디미라와 대화를 나누고 있었던 시각에 죽은 것이다. 그 순간 머릿속에 번뜩 떠오르는 것이 있었다. 당대의 한 연대기 작가에 따르면 저 유명한 5352년 아달월 10일 일요일 루돌프 황제와 프라하의 마하랄 사이에 접견이 있었는데, 그건 교회력 1592년 2월 23일 일요일, 즉 1992년 2월 23일 일요일보다 정확히 4세기 앞선 날짜였다. 충격적인 이 부고를 받고서야 루드빅은 그 사실을 기억해 냈다. 별거 아닌 순전한 우연의 일치일 수도 있었지만 루드빅은 한순간 가벼운 전율에 휩싸였다. 우유병이 계단 위로 떨어져 깨졌다. 그는 얼른 가서 작은 빗자루와 걸레를 찾아왔다. 유리 조각을 쓸어 담고 계단에 고인 우유를 닦아내는 동안 언젠가 잠깐 동안 경험한 거울 놀이가 떠올랐는데 곧 부질없는 기억이라 여겨졌다. 그건 그렇고, 그 사건의 어떤 점이 브룸의 관심을 잡아챈 거며 그가 이 날짜를 선택해 죽은 이유는 뭘까? 또 다른 연대기 작가는 한 주 앞선 날짜로 명시한 만큼 정확한 날짜라고 볼 수도 없었다. 그렇다손 쳐도 그 중요한 기념일에 숨을 거두는 걸로 족했던 걸까? 과거의 명확한 어느 한 시점을 방문할 권리를 획득해, 수 세기 동안 가려져 있었던 비밀을 소급해 드러내기 위해 말이다. 터무니없는 가정이라는 판단이 서긴 했다. 지난 몇 달간 에바가 그렇게 모호한 암시를 흘리지 않았다면 꿈에도 생각하지 못했을 일이었다.

그는 에바에게 즉시 전화를 했지만 그녀는 집에 없었고 빈 공간에 끈질기게 울려 퍼지는 작은 벨소리만 들려왔다. 그래서 그는 책상 앞에 앉아 우편물을 분류하고 몇몇 편지에 답장을 썼으며 최근에 그가 쓴 기사 두 편의 교정을 본 뒤 다시 번역에 몰두했다. 이 번역을 이제는 가능한 한 빨리 끝내고 싶었지만, 마무리되는가 싶던 일은 잘못 박음질된 옷단처럼 계속 올이 풀려나가곤 했다. 그가 많은 시간을 바친 어려운 텍스트였지만 보상을 기대할 수 없었으며, 무일푼인 발행인을 제외하고는 읽는 사람도 없을 터였다.

컴퓨터 앞에 앉아 있던 루드빅은 점점 더 집중이 안 되어 눈을 깜박이거나 비벼댔다. 얼마 전부터 시력이 감퇴하고 있음을 깨닫긴 했어도 갑자기 상태가 급격히 나빠지고 있었다. 그는 몇 군데 안과에 전화해 그중 한 곳과 다음 날 아침 예약을 잡는 데 성공했다. 몸이 쇠약해진 데다 사물을 보거나 글을 읽는 능력도 저하되었음을 인지하자 고뇌가 밀려와 다른 골칫거리들은 모두 뒷전으로 물러났다.

사소한 사건이나 불안한 만남을 비롯해 이런저런 의심과 불만에서 초래된 것들, 지나치게 혼자가 돼버린 그의 삶이 수렁 속으로 빠져들어 가는 기분에서 비롯된 것들, 그렇게 뭐라 규정할 수 없는 골칫거리들이긴 했다. 그런데 이번엔 구체적인 문제였고, 마음의 동요가 아닌 신체적 장애였다. 실제로 루드빅은 그 모든 사건들로 인해 스스로 인정하는 것보다 훨씬 큰 타격을 받았는데, 이 시력 장애는 그의 불안을 더한층 부채질했다.

그는 오후 끝 무렵에야 에바와 통화할 수 있었다. 수화기 너머로 들리는 그녀의 목소리는 단어 하나하나를 힘주어 발음하는 듯 평소보다 낭랑했다. 삼촌이 죽기 위해 '선택한' 날이라는 게 무슨 의미인지 차마 물어볼 용기를 내지 못한 채, 그는 보다 현실적인 문제들에 대해 전해 듣는 걸로 만족했다. 그녀는 화장일이 정해졌음을 말해주었다. 장례식은 다음 주에 있을 예정이었다. 루드빅은 식에 참여하러 T로 가겠다고 했다. "그렇게 하세요." 에바가 너무 무심한 어조로 이렇게 받아치는 바람에 루드빅은 살짝 언짢다 못해 짜증이 나기까지 했다. 에바의 냉랭한 태도에 익숙해져 있었음에도 말이다.

다음 날 그는 진찰을 받으러 갔다. 시력 측정표 위를 오가는 안과 의사의 막대 끝에서 글자들이 흔들렸다. 루드빅은 목을 내밀고 눈살을 찌푸린 채 생각했다. '에스테르의 말린 장미 다발처럼 내 시력도 시들어 가는군.' 뒤이어 의사가 시키는 대로 지루한 눈 운동을 하는 동안 끔찍한 의문이 떠올라 심장이 얼어붙었다. 에스테르를 길에서 마주치면 아직 알아볼 수 있을까? 같은 순간, 에스테르의 얼굴이 고통스럽도록 또렷이 눈앞에 그려졌다.

의사는 시력 상태를 두고 걱정하지 않도록 루드빅을 안심시켰다. 그는 수정체의 탄력 감퇴와 조리개의 조절작용 약화에 대해 짤막한 설명을 했으며 눈의 노화 현상에 대해서도 몇 마디 늘어놓은 뒤에야 안경을 맞추기 위한 처방전을 내주었다.

병원에서 나오자마자 루드빅은 안경점으로 갔다. 안경사의 말대로라면 주초엔 안경이 준비될 터였다. 문제가 신속히 해결되어 안도한 루드빅은 도시의 거리를 좀 걷고 싶었다. 차고 건조한 날씨였다. 햇빛은 투명했고 시간은 원래의 통일성을 회복한 참이었다. 루드빅은 마침내 현재의 흐름을 타고 똑바로 걷고 있으며 더 이상 그 변두리에서 절뚝대지 않는다는 느낌을 되찾았다. 그러나 이 평화로움도 잠시, 길모퉁이를 도는 순간 대번 마음의 균형이 깨져버렸다. 사람의 그림자도 보이지 않는 지극히 평범한 길이었는데, 어디선가 클라브생 연주 소리가 들려왔다. 그저 네댓 소절 들었을 뿐이었지만 좀 전에 느꼈던 차분한 확신이 삽시간에 사라져 버렸다.

아는 곡조, 이상하게도 안다고 생각되는 곡조였다. 언

제 어디서 들은 곡인지는 알 수 없었다. 한 번, 두 번, 세 번…… 곡조가 반복되었다. 고집스럽게 이어지며 머릿속을 맴도는, 활력이 넘치는 아주 짧은 곡이었다. 루드빅은 걸음을 멈추고 뒤돌아서서 멜로디가 들리는 곳으로 되돌아왔다. 거칠게 충돌하는 음들로 이루어진 이 곡을 음악학교 연습실에서 초보 클라브생 연주가가 연습하며 리듬을 숙달하려 애쓰고 있었다. 루드빅은 보도에 꼼짝 않고 선 채로 귀 기울였다. 학생은 몇 소절 연주하다 가끔씩 멈추어 교사의 조언대로 한 악절에 집중하며 처음부터 다시 시작했다. 높아지는 교사의 목소리를 루드빅은 어렴풋이 분간할 수 있었다.

곡은 싸락눈처럼 거침없이 세차게 튀어 오르다 한순간 조용해졌고, 그러다 더 활기찬 기세로 다시 터져 나왔다. 교실 창유리를 두드리는 음표들의 반향이 거리에서 튀어 오르며 루드빅의 관자놀이를 두드려 댔다. 이 곡을 언제 어디서 들었는지, 무엇보다 이렇게나 관심이 동하는 이유가 뭔지 알아내려고 그는 계속 머리를 싸맸다. 학생이 클라브생 건반을 두드릴 때마다 현이 아닌 그의 신경을 뜯는 듯했다. 그는 이제껏 한 번도 경험하지 못한 일종의 기시감에 빠져 있었다. 기억에 위험신호가 울리고 오감이 뒤죽박죽되면서 초조한 호기심과 과도한 흥분에 휩싸여 어찌할 바를 몰랐다. 이미 들은 적이 있는 곡이라는 느낌이 강렬하다 못해 고통스러울 지경이었다.

마침내 레슨이 끝나고 음악도 멈추었다. 그러나 그 곡조가 계속 루드빅의 몸 곳곳에 떨리고 울리는 날카로운 신경망을 분포시켰다. 그는 자리에 못 박힌 듯 멈추어 서서 정신의 걷잡을 수 없는 혼란을 억누르고 수습하려고 애썼다. 그사이 열두 살가량 되어 보이는 소녀가 달려와 학교 로비 안으로 사라졌다. 밝은 적갈색의 땋은 머리가 섬광처럼 반짝이는가 싶었는데 잠시 뒤 소녀는 두 명이 되어 다시 나타났다. 똑같은 암녹색 외투에 똑같은 머리 모양을 한 꼭 닮은 소녀가 곁에 있었다. 이 소녀는 오른손에 가방을 들었다는 사실만 달랐다. 조금 전에 클라브생 곡을 반복해 연주했던 소녀인 것 같아 루드빅은 이 쌍둥이 소녀들에게 다가가 물었다. 두 소녀는 서로 손을 잡은 채 루드빅 앞에서 꼼짝도 않고 의심 가득한 눈으로 그를 바라보았다. 구리 부스러기 같은 오렌지색 작은 컬이 소녀들의 이마와 관자놀이를 덮고 있었다. 그들이 경계의 기미를 풀지 않자 루드빅은 그 클라브생 곡에 대한 질문을 되풀이했다. 길을 가다가 들은 그 곡이 굉장히 아름다워서 작곡가와 곡목을 알고 싶다고. 그러자 소녀들은 마음을 놓은 듯했고, 가방을 든 소녀가 무어라 속삭였다. 루드빅이 알아듣지 못하자 소녀는 매 음절을 또박또박 끊어가며 다시 말해주었다. 방금 전 명료한 소리를 만들기 위해 손가락을 활짝 벌려 각각의 현을 정확히 강타해야 했듯이 말이다. 하지만 교사가 소녀의 연주에 완전히 만족할 수 없었던 것처럼 루드빅 역시 그 발음을 듣고 어떤 정보를 얻어낼 순 없었다. 아이는 조금 짜증이 난 표정이더니 마음을 바꾸어 가방을 열고 악보를 꺼내 루드빅의 코앞에서 흔들어 댔다. '어른들은 한심하기 짝이 없어! 뭐 하나 만족하지도 이해하지도 못하거든' 하고 불평하는 듯싶은 기색이었다. 그가 소리 내어 읽었다. "〈My Lady Carey's Dompe〉, 작곡가 미상." 그러자 예쁜 적갈색 머리 소녀가 재잘댔다.

"그래요, 무지 어려운 곡이에요, 진짜요!"

소녀는 악보를 가방에 도로 넣고 뻑뻑한 잠금장치를 주먹으로 살짝 친 뒤 곁에 선 소녀의 손을 다시 잡았다. 그렇게 둘은 땋은 머리를 흔들며 사라졌다.

My Lady Carey's Dompe라는 제목은 일깨워 주는 바가 전혀 없었다. 작곡가가 미상인 만큼, 음악을 듣는 순간 마음속에 일었던 그 기이한 기억, 아니, 기억의 느낌 역시 더더욱 알 수 없는 것이 되고 말았다. 루드빅 역시 생각에 잠긴 채로 자리를 떴다. 어느 날 어떤 장소에서 그 곡을 들었는지 알아내려고 저녁때까지 기억을 더듬어 보았지만 헛일이었다. 그렇게 내면을 살피는 동안 모종의 이미지가 두세 차례 그의 머릿속을 스쳤다. 라톤 분수대의 개구리 얼굴을 한 조각상들이었다. 하지만 베르사유 정원과 My Lady Carey's Dompe 사이에 어떤 연관성을 떠올리기는 불가능했다. 결국 그는 이번에도 패배를 인정하고 탐색을 포기해야 했다. 지난 몇 달에 걸쳐 길에서 우연히 만난 미치광이들이 곳곳에 뿌려둔 모호한 지대들을 해명해 보려는 노력을 앞서 단념하고 말았듯이 말이다.

주말경에 그는 함께 일하는 잡지사 편집부를 방문했고, 기회 닿을 때마다 자신이 기사를 쓰곤 하는 두 신문사 편집부도 방문했다. 그는 전화나 서신 외의 다른 방법으로 사람들과 접촉하고 의견을 나눌 필요성을 느꼈다. 현실에 다시 온전히 발을 딛고 서야만 했다. 지난 수개월 동안 일어난 사건들을 아무리 과소평가하고 심지어 무시하려 노력한대도 왠지 모를 거북함을 떨칠 수 없었다. 내면에 균열이 일었으며 더는 아무것도 확신할 수 없었다. 때론 밀도와 질감을 지닌 세계에 자신이 정말로 존재하는지 의심이 들기까지 했고, 그의 눈엔 이 세계가 뒤틀리고 어긋난 너무도 기이한 모습으로 비칠 때도 있었다. 그래도 다른 이들이 듣는 앞에서 직접 말할 때만큼은 불안하면서도 안심이 되었다. 생각을 표명하는 동안 그는 상대의 시선과 반응을 훔쳐봤다. 그러면서 상대가 그를 미치광이로 여기지는 않는지, 최소한 그에게서 무슨 이상한 점을 발견하는 건 아닌지 알아내려 했다. 하지만 저마다 자기 일에 몰두해 있어 그 정도로 그에게 관심을 갖지는 않았다.

그는 파산한 발행인인 아담의 사무실에 들렀다. 아담은 그 어느 때보다 실망한 모습이었지만 그런 환멸의 상황에서도 평온함과 강인함을 잃지 않았다. 루드빅이 브룸의 죽음에 대해 언급하자 아담이 말했다.

"직접 만나본 적은 한 번도 없어요. 하지만 그분에 관한 이야기는 자주 들었고, 항상 좋은 이야기였죠. 그분이 번역한 하이네, 호프만슈탈, 뫼리케, 트라클…… 의 시도 읽었고요. 뛰어난 번역이더군요. 세상에서 물러나 시골에 살면서 심지어 비사교적이라 할 만한 삶을 영위했다고 들었어요."

"T에서죠." 루드빅이 명확히 했다. "대학에서 퇴출당한 뒤 질녀와 ― 양녀나 다름없게 됐지만요 ― 함께 그곳으로 가 정착했어요. 책과 침묵에 둘러싸여 고독하게 살았고요."

"그보다 좋은 동반자를 바랄 순 없겠죠." 아담이 거들었다. "그분을 잘 아세요?"

"예전엔 그랬죠. 그분 제자였으니까요. 강의가 굉장했어요. 늘 즉흥적으로 무언가를 생각해 내고 언어의 숨결에 스스로를 내맡기는 듯했어요. 꿰뚫고 있는 무수한 시들의 웅성임 속에서 무언가를 끝없이 길어 올렸죠. 그라는 존재가 이 희미한 웅성임으로 술렁였어요. 여러 해 동안 그분과 아주 가깝게 지냈죠. 그러다 관계가 느슨해졌고, 뒤이어 제가 고국을 떠났지만요."

"어떤 분이었나요?"

"이미 말했듯이 언어의 몽상가, 말하는 앤솔로지라고

나 할까요? 하지만 강의 외에는 거의 말을 하지 않았고 몹시 신중한 사람이었어요. 예의 바른 멜랑콜리로 가득한 고독한 사람이요. 하지만 지난 시월에 다시 봤을 땐 이미 자신의 그림자에 불과한 모습이더군요. 알아들을 수 없는 말을 껄떡여 대는 지친 노인이었어요."

"아, 죽음은 인정사정없는 것이에요. 더없이 매력적이며 상냥한 사람들에게도 예외가 아니고요. 느닷없이 찾아와 우리의 말문을 막거든요. 시간과 장소를 불문할 뿐 아니라 예의 따위는 더더욱 무시해 버리죠."

"그분의 마지막은 특히나 가혹하고 굴욕적이었던 게 사실이에요. 임종이 그렇게나 길었던 건 그분이 최후의 순간을 악착같이 늦추었기 때문이에요……"

"온 생애를 바쳐 명상하고 시인들의 언어를 꿈꾸었다 해도 죽음의 고통을 면할 순 없다는 말이네요. 우린 죽음에 대해 공론을 늘어놓거나 평생 죽음을 끝없이 미화하며 보낼 수도 있겠지만, 막상 통과의례의 시간이 닥치고 그 현실이 뼈저리게 다가올 때 죽음은 더 이상 근사한 몽상의 주제라 할 수 없죠. 위대한 성인들마저 그 운명의 순간엔 공포의 절규를 내질렀으니, 당신의 스승인 브룸이라고 예외일 순 없겠죠……"

루드빅은 그때까지 애써 피하려던 생각들의 부추김을 당한 듯 덧붙여 말했다.

"제 말은, 브룸의 경우는, 문제가 다르다는…… 그를

붙잡아 둔 건 두려움이 아니라 반대로…… 기이한 호기심이 그를 들쑤셔 댔어요."

"무슨 말이죠?"

"그분은 자신이 죽는 날을 선택한 것 같거든요. 그렇게 정한 날에 어떻게든 도달하려 했고요."

"제시간에 원고를 마치지 못한 번역가가 가까스로 얻어내는 유예 기간인가요? 그래서 원한 바를 얻어냈어요?" 아담이 빈정댔다.

"네," 루드빅이 입가에 미소를 떠올리며 받아쳤다. "죽음이 백기를 드는 법은 없지만 말이죠."

"내 말을 곡해하진 말아요." 아담은 이렇게 말하며 자리에서 일어나 술 한 병과 술잔 두 개를 가져와 책상 위에 놓았다. "파산당한 우리 살아 있는 자들의 건강을 위해 건배."

루드빅은 단숨에 술잔을 비운 뒤 다시 내밀며 말했다. "이번엔 브룸을 기억하며 건배하죠!"

"브룸을 위해." 아담이 동의하며 섞음질한 브랜디를 한 잔 가득 다시 따랐다. "그의 사망일과 관련된 그 알쏭달쏭한 이야기로 되돌아가 봅시다……"

하지만 루드빅은 냉정을 되찾았으며 그 문제를 거론하고픈 생각이 없었다. 브룸의 수수께끼 같은 죽음에 대해 의문이 가시지 않았지만 그렇다고 마음속에 품은 의혹들을 숨김없이 드러내 보이고 싶지는 않았다.

"아, 신경 쓸 거 없습니다! 그분 조카딸 머릿속에서 나온 억측일 뿐이니까요. 초상을 당한 사람들은 혼란의 와중에 괴상하고 황당한 생각들을 쌓아가기도 하니까요…… 그러니 이제 늙은 브룸은 가만 놔두고 다른 얘길 하죠."

그래도 아담은 조롱과 의혹이 뒤섞인 탐색의 눈길을 그에게 던졌고, 그런 다음에야 단호하게 말했다.

"좋아요, 그렇게 합시다. 마감일을 '아주 후하게' 연장해 드린 그 텍스트 이야기나 하죠…… 번역이 끝나가고 있나요, 아니면 포기한 건가요?"

"포기하지 않았어요. 거의 마쳤으니까요. 몇몇 세부 사항만 해결하면 됩니다. 마무리 작업이죠."

"어서 읽어보고 싶네요. 서랍 속에서 너무 오래 썩고 있지 않았으면 좋겠어요. 난 조만간 서랍을 비워야겠지만 번역된 이런 유의 책이 망각에 묻히지 않고 다른 발행인을 찾을 수 있도록 최선을 다할 겁니다. 이미 말했다시피 난 랍비 뢰브의 생각에 관심이 아주 많으니까요. 놀랍도록 현대적이거든요. 그는 인간의 정신을 뒤흔드는 근본적인 장애물뿐 아니라, 내면세계를 분열시키는 모순에 대해 아주 예리하고도 심오한 분석을 제시하죠. 하느님과 인간을 가르는 간극에 대한 그의 관점은 섬세하기 이를 데 없고요."

"그의 생각을 꿰고 있는 것 같군요. 내 번역서에서 무슨 새로운 걸 찾아낼 수 있을지 모르겠네요."

"그건 착각이에요." 아담이 말했다. "내가 알고 있는 건 굉장히 피상적이거든요. 하지만 그렇게 조금 알고 있는 것들이 더 많이 알고자 하는 욕구를 부채질하죠. 그의 책과 관련된 거라면 어떤 해설이라도, 단순한 암시마저도 호기심이 동하고요."

"신학적인 문제들에 그토록 열정적인 관심을 가졌는지 몰랐네요." 루드빅이 지적했다.

"확고한 신념을 지닌 무신론자를 만나기란, 자신의 신앙에 평화롭고도 단단한 뿌리를 내린 신자를 만나는 것만큼이나 드문 일이죠. 나로 말하면 고뇌에 빠진 비신자라는 애매한 종족에 속해요. 회의에 빠진 신자들도 있듯이 말입니다…… 그렇다면 본인은 어느 쪽인가요?"

"난 그저 혼자 버려진 게 아닌지 몹시 두렵습니다. 이도 저도 아닌 냉담한 상태로요." 루드빅이 고백했다.

"안됐군요. 그런 식으로 자신을 시야에서 놓치게 되는 법이죠."

아담의 이 지적에 루드빅은 마음이 불안해졌고, 한순간 눈 위에 소금을 뿌리던 어린 소년의 모습이 떠올랐다. 아이가 분을 참지 못해 내지른 희미한 목소리가 들렸다.

"몽땅 잊어버렸군요! 매사에 맛을 잃게 된 거예요……"

연보랏빛 입술과 손톱, 폭풍우 이는 하늘의 진청색 눈을 한 새잡이 소년의 모습을 쫓아내려고 루드빅은 눈을 깜박였다.

"뭐가 잘못됐나요?" 아담이 물었다.

"아니, 아무것도 아네요. 최근 들어 헛것이 보이거든요. 살짝 현기증이 느껴질 때도 있고요. 여차하면 안경잡이가 될 판이에요."

루드빅은 자리에서 일어나 작별 인사를 했다. 아담은 문까지 그를 배웅했다.

"조만간 날 다시 보러 오길 기대할게요. 겨드랑이에 번역 원고를 끼고, 코엔 안경을 걸친 모습으로 말이죠!"

"잠깐만요," 루드빅은 이제까지 한 번도 생각해 보지 않았던 문제에 갑자기 궁금증이 일었다. "내게 번역을 맡긴 그 책은 어떤 경로로 알게 된 거죠?"

상대는 장난기 어린 미소를 지으며 대답했다.

"지극히 평범한 경로였어요. 체제가 바뀌기 직전 지하 출판물에 실린 당신 스승 브룸의 기사를 읽었거든요. 그분이 그 기사에서 언급하며 칭송해 마지않았던 책에 내가 관심을 갖게 됐고요."

"브룸의 기사라고요?"

"그렇다니까요. 하지만…… 쉿! 이제 늙은 브룸은 가만 내버려둬야 한다고, 본인이 방금 전에 말하지 않았나요? 가세요, 다음에 봐요."

그렇게 말한 뒤 아담은 천천히 문을 닫았다.

루드빅은 층계참에서 잠시 망설였다. 그러다 좀 무례해 보이긴 했어도 별것 아닌 아담의 행동을 무시하기로 마음먹고 계단을 내려갔다. 아담이 브룸을 통해 그 텍스트를 알게 된 게 뭐 대수란 말인가? 광범위한 독서가인 브룸이 그 글을 발견하고 관심을 가진 건 전혀 놀라운 일이 아니었다. 그것만으로 랍비 뢰브의 삶에 자리한 중요한 한 사건과 브룸의 죽음 간에 어떤 신비로운 연관성이 있다고 확정 지을 수는 없었다. 불쑥불쑥 고개를 쳐드는 이 모든 의혹을 단칼에 차단하기 위해 루드빅은 당구장으로 가 기분 전환을 하기로 했다.

다음 날 그는 청소와 정리를 하느라 아침나절을 보냈다. 서재 선반들의 먼지를 떨어내는데 젖빛과 모래 빛을 띤 그 연하장이 떨어졌다. 연하장은 모서리가 좀 딱딱해지고 전체적으로 살짝 휘기 시작한 상태였다. 루드빅은 연하장을 책상 위에 내려놓고 펴기 위해 커다란 유리 공을 그 위에 올려두었다. 크고 작은 기포를 품은, 평소에 서진으로 사용하는 투명한 무지갯빛 유리 공이었다. 그렇게 연하장 뒷면에 올려둔 유리 서진은 또 다른 기능, 즉 확대경 ― 형태를 변형시키는 좀 미친 확대경 ― 의 기능을 발휘했다. 세피아 잉크로 쓴 단어들은 잉크가 번진 것처럼 가두리가 적갈색과 오렌지색과 노란색의 다양한 뉘앙스를 띠었고 보라색 무리가 져 있었다. 루드빅은 확대경 쪽으로 몸을 숙였는데, 고개를 조금만 돌려도 글자들이 수족관 바닥의 흑갈색 미역처럼 일렁이고 뒤틀리는 걸 보며 재미있어했다. 몇몇 단어가 그렇게 잠시 형태를 갖추는가 싶다가 구부러지고 펼쳐지고 해체되는 와중에 그는 두 단어를 포착했다. '도전과 기회.' 줄지어 늘어선 글자들을 따라 그는 유리 공을 가만가만 미끄러뜨렸다. 해독을 포기한 채 내버려두었던 휘갈겨 쓴 글자들을 읽어내기 위해서였다. 그러자 확대경 속 기포들 사이로 연하장에 담긴 메시지가 어렴풋이 드러나 보였다. "그들은 아주 오래전부터 걷고 있네. 너무 늦으면 그들을 시야에서 놓칠 수도 있지. 그들의 방황이 우리에겐 기회지만 말일세. 이젠 길을 떠날 시간이군. 좋은 여행이 되기를 진심으로 바라네. 안녕, 자네의 야힘 브룸."

루드빅은 돌연 피가 거꾸로 솟아 뜨거운 열기로 다시 몰려드는 느낌이었다. 잠시 눈을 감았다. 감긴 눈꺼풀 속에서 늙은 브룸의 고뇌 어린 얼굴과 놀란 눈빛이 선명하게 떠올라 마치 서로 마주 보고 있는 것 같았다. 자신이 브룸에게 얼마나 무심했으며 그것이 얼마나 용서받을 수 없는 일인지 마침내 헤아릴 수 있었다. 둘의 관계가 느슨해지도록 방치했었고, 여러 해 고국을 떠나 있는 동안 브룸 생각을 거의 하지 않았을 뿐 아니라 돌아와서도 단 한 번 그를 방문했을 뿐이었다. 그런 식의 경거망동이 계속되어, 에바가 건네준 노트에 눈길 한 번 던질 호기심도 갖지 않은 채 부주의로 잃어버렸으며 그 후 다시 찾기 위한 시도도 해보지 않았었다. 브룸이 임종의 고통에 들어 있던 시기 내내 T에 가보겠다는 생각을 진지하게 하지도 않았었고, 판독이 어려웠던 그 연하장을 보낸 이가 브룸이며 브룸일 수밖에 없다는 사실을 짐작조차 하지 못한 것도 사실이다. 연하장 뒷면에 찍힌 우체국 소인을 확인하기만 했어도 당장 눈치챌 수 있었을 것을.

기억을 상실하고 말도 완전히 어눌해져 삶의 파국을 맞은 브룸이었지만, 그래도 그는 죽음의 포옹에서 잠시 빠져나와 그의 목소리만큼이나 깨진 글씨로 공현절과 관련된 몇 줄을 쓸 수 있었던 것이다. 우유와 모래와 눈물과 재의 색깔, 출발을 앞두고 발버둥 치는 심장의 색깔을 띤 카드의 뒷면에 말이다. 기이한 소망을 담은 이 최종적인 몇 줄을 쓰기 위해 그는 진이 빠지는 엄청난 노력을 들였을 것이었다. 그럼에도 루드빅 자신은 연하장 앞에서 그저 몇 분을 지체했을 뿐, 하마터면 그걸 내버릴 뻔하지 않았던가.

그는 다시 연하장 위로 몸을 숙이고 이번에는 앞면을 살폈다. 앞서 글자를 해독해 나갔을 때처럼 공 모양의 확대경을 미끄러뜨렸다. 그림의 결을 비롯해 색조의 뉘앙스가 한결 선명하게 드러나 보였다. 환영이나 다름없는 실루엣들 — 흰 모래와 누렇게 변한 설원 위에 흩뿌려진 창백한 그림자들 — 을 분간할 수 있을 것 같았다. 그것들을 자세히 들여다보고 있노라니 눈이 아파와 그는 눈꺼풀을 내리고 그 위를 손가락으로 눌렀다. 그러자 칠흑 같은 그의 몸 안에서 짙푸른 반점 두 개가 나타났다. 소금을 뿌리던 어린 소년의 냉혹하면서도 애원하는 듯싶은 시선이었다. 또 한 번 그는 심장까지 푸르러지는 느낌이었다. 눈을 다시 뜨고 의자에 털썩 주저앉았지만 마음속에선 아이의 눈이, 그 뚫어져라 쏘아보는 고통스러운 눈길이 계속 그를 응시했다. 루드빅은 큰 혼란에 빠졌다. 내면에서 이런저런 기억과 감각과 느낌이 뒤섞였다. 아이를 위로하며 인정해주고 싶은 동시에, 다시는 생각나지 않도록 멀리 쫓아버리고 싶기도 했다. 여러 얼굴이 서로 겹치며 차례로 떠올랐다. 어린 루보섹의 얼굴이 새잡이 소년의 얼굴이 되었고, 새잡이 소년이 점점 길어지며 소금 장미를 든 젊은이와 흡사해졌다. 젊은이 또한 가판점 노인의 모습으로 변하더니 급기야 브룸의 얼굴로 대체되었고…… 이런 변신이 끝없이 이어졌다. 얼굴들이 모두 오버랩되며 어떤 무언극을 만들어 냈는데, 이 이상한 무언극에 루드빅은 부재함과 동시에 출두를 요청받고 있었다.

난데없이 무슨 소리가 들려 그는 화들짝 정신을 차렸다. 녹은 눈을 실은 돌풍이 으르렁대며 쏜살같이 마당을 훑고 지나가자 헐벗은 나무들이 흔들리고 발코니에 널린 빨래들이 펄럭였다. 루드빅은 자리에서 일어나 창밖을 내다보았다. 익숙한 마당 안 풍경에서 환상적인 기운이 전해져 왔다. 소용돌이치는 눈구름은 나사 천에 감싸여 바람에 떠밀려가는 사람들의 모습 같았고, 흰 걸레와 시트 들은 부활 이후의 빈 수의처럼 보였다. 이 돌풍은 청소를 하겠다는 그의 욕구마저 지붕들 너머로 날려버려 루드빅은 그날 하루를 포기해 버렸다. 마침 세제도 부족한 참이어서, 그는 장을 본다는 핑계로 외출을 할 그럴듯한 이유를 찾은 셈이었다.

그는 팔에 바구니를 낀 채 마트의 청소용품 코너를 따라 구부정한 자세로 천천히 걸어갔다. 선반을 그렇게나 찬찬히 살핀 건, 유감스럽게도 상품을 종종 혼동하곤 했기 때문이었는데 특히 스프레이 제품들을 두고 그랬다. 그는 바구니에 이미 파우더 세제 한 통과 수세미 한 묶음, 물때 제거용 살균 겔을 비롯해 형광빛 애플그린색 기다란 플라스틱 막대에 야한 장밋빛 깃털이 달린 먼지떨이도 하나 넣어두었는데, 그러다 장을 보던 한 여자와 부딪쳤다. 두 사람의 바구니가 떨어져 장 본 물건들이 바닥에 굴렀다. 루드빅과 여자는 쭈그리고 앉아 그것들을 주워 모으다 서로를 알아보았다. 그렇게 그는 카티아와 코와 코, 무릎과 무릎을 맞댄 자세로 마주쳤다.

"저런, 도망친 루드빅이잖아!" 카티아가 탄성을 터뜨렸다. "뜻밖이네! 까탈스러운 심술쟁이 늙은 독신남이 장 보러 나오신 거야?"

"지금 우리 둘 중 누가 더 심술을 부리고 있지?" 루드빅이 물건을 바구니에 급히 던져 넣으며 받아쳤다. "너도

혼자 살림에 필요한 물건을 사고 있는 건 마찬가지 아냐?"

"저런, 오븐 세척제랑 근사한 철 수세미까지 구입하셨네. 각자 필요한 물건이 있겠지."

그들은 도자기 개들처럼 서로 바라보며 자리에서 일어섰다. 갑자기 카티아가 웃음을 터뜨렸다.

"이 돼지 주둥이색 깃털은 또 뭐야! 매음굴 하녀처럼 우아한 동작으로 먼지를 터는 거야?"

루드빅은 자신의 먼지떨이에 곁눈질하며 따라 웃었다.

"우리, 물건 계산한 다음 어디 가서 한잔할까?" 카티아가 제안했다.

두 사람은 짙은 색상의 나무 테이블과 의자가 있는 와인 바에 들어가 홀 맨 안쪽 테이블을 차지하고 토카이 와인 한 병을 주문했다. 카티아는 애초의 언짢았던 기분이 사라지자 차분한 모습이 되었다. 그녀가 감당해야 했던 루드빅의 몹시 경망스러운 처신에 대해서도 앙심을 품지 않았다.

"따지고 보면 아무래도 좋아. 너도 나한테 별로 중요하지 않거든. 처음 만났을 때부터 우리 사이에 사랑의 감정이 있는 게 아님을 대번 알아봤으니까. 그러다 너나 나나 마음이 송두리째 망가져 새출발을 할 수도, 다시 타오를 수도 없게 된 거고. 우리가 서로를 취한다 해도 그건 죽은 외피에 불과한 거지. 네가 이렇다 할 인사도 없이 가버린 그날 아침 눈을 떴을 때 내 손목에 둘려 있던 그 마른 오렌지 껍질처럼 말이야. 넌 그렇게, 사랑하지 않는다는 근사한 시를 지어 보인 거야. 무능한 마음을 멋들어지게 고백한 거고."

"하지만 예전에 중국에선 말이지." 루드빅이 지적했다. "아내로 삼고 싶은 아가씨에게 오렌지를 바쳤다던데. 내가 널 떠나려 한 거면 과일을 제대로 선택하지 못한 거군."

"천만에, 제대로 선택한 거야. 넌 과일을 통째로 준 게 아니고 껍질만 남겼으니까. 아, 그 얘긴 그만하자. 이미 끝난 일이고, 차라리 잘 됐으니까. 이젠 기회 닿는 대로 한잔하는 걸로 만족하자. 식어버린 사랑의 기억을 위해, 흐르는 시간의 건강을 위해 건배."

루드빅은 멍한 시선이 된 채 말이 없었다. 내면 깊숙한 곳에서 솟구치는 적막한 잿빛 물소리가 들리는 듯했다.

"아주 울적해 보이는걸." 카티아가 지적했다. "나 때문에 그런 우울한 생각이 들었다면 네 자홍색 먼지떨이로 털어버려."

"그게 아니고 그저, 뭐랄까…… 좀 텅 빈 느낌이야……"

"텅 비었다고? 아, 그래." 카티아가 되받았다. "이젠 텅 빈 느낌이구나. 조금, 많이, 아주 많이. 하지만 그런 멍한 상태는 유익한 경험인지도 몰라. 심지어 구원의 시련은 아닐까? 사랑이 떠날 때, 상대가 사랑을 낚아채 가며 모든 걸 거두어 가는 순간, 우린 갑자기 벌거숭이가 되어 스스로를 새로운 관점에서 대면하거든. 아주 생경하고도 낯선 관점이지. 그 순간 있는 그대로의 자신을 알게 되는 거야. 가면을 벗는 거고."

"가면 속에서 넌 무얼 발견했는데?"

"내가 계속 묻고 있는 게 그거야. 내가 아닌 나, 나와 다른 나. 활활 타오르는 불꽃이었던 사랑에 빠진 여자는 축출되고 없는 나. 그 여자가 자신의 법칙과 광기를 내세우며 내 안에서 그토록 오랫동안 날뛰었지만 말이야. 이젠 아주 평범한 여자가 있을 뿐이야. 광막한 시간 위에 한 마리 벼룩처럼 놓여 만사에 무관심한 모습으로 부지런히 제 갈 길을 가는 여자."

"꼭 그렇게 차이고 나서야 자신의 한계와 평범함을 헤아리게 되는 거야?"

"물론 그렇진 않지만 그게 도움은 되지. 우리를 사로잡는 열정은 몹시 야단스럽고 시끄럽고 성가시고 우릴 잠시도 놔주지 않거든. 버림받는 고통에서마저, 아니, 특히나 그런 순간에 말이야. 그 열정은 우리 눈에 가리개를 씌워 우리의 집념을 부추기지 않는 것들엔 무관심한 태도로 일관하도록 만들지. 난 드디어 완벽한 동의와 냉정을 찾은 단계에 이르렀어. 내 안에 아가리를 벌리고 있는 공허를 피하려 하지 않는다는 거지. 심지어 그 앞에 단단히 버티고 설 줄 알게 된 데다 현기증도 극복했어. 바로 거기, 사막 같은 간결한 마음과 생각 속에서 삶의 묘한 강렬함을 발견하고 말이야. 엄청난 아름다움과 부드러운 황홀감이 예감된다고나 할까…… 뭐라 설명해야 할지 모르겠네…… 내가 알고 있는 건, 적어도 느끼고 있는 건, 그 전부를 완성해야 한다는……"

"전부라니?"

"정확히 묘사하긴 어려워. 별거 아닌 듯해 보이면서 전부인 것. 불확정의 무한한 전부. 난 내 안에서 끊임없이 퍼져나가는 그 오래된 소음을 잠잠케 하려고 노력 중이야. 침묵을 가로지르는 미세한 울림들을 청각이 놓치지 않도록 말이야. 아마도 그거겠지, 장차 완성해야 하는 건. 별거 아닌 사소한 것들에 대한 경외심. 지평선에서 아주 은밀히 솟구치는 한숨 소리들에 귀 기울이고, 자신의 방 사방 벽 안에서 끝없이 방랑하기. 예기치 못한 그곳에, 상상했던 것과는 다른 모습으로 존재하기. 자신 안에서 흐르는 시간이 살랑대며 떨리는 것을, 우리의 핏속에서 생명이 은밀히 작업 중임을 느끼기. 세상과 타인들에 대한 관점을, 아무 일 없다는 듯 철두철미 갱신하기."

카티아는 와인을 한 모금 마신 뒤 잔을 내려놓았고, 잠시 침묵을 지키더니 부연했다. "교활하게도 무수한 화산을 품고 있는 열정의 도가니 속으로 다시 휘말려 들어가고 싶은 생각은 더 이상 없어. 정말이야. 다른 식으로 사랑할 줄 알게 되었으니까. 초연한 사랑이지. 나는 두 손이 자유롭기를, 무엇보다 비어 있기를 바라거든. 언제나 더 비어 있기를."

"그건 어쩐지 무관심처럼 들리고, 적어도 그 씨앗을 품고 있는 듯한데. 그렇게 생각 안 해?" 루드빅이 물었다.

"무슨 말인지 알고 얘기하는 거야?" 카티아가 받아쳤다.

"그래, 그럴걸. 하지만……"

"끝까지 말해봐. 하지만 뭐야?"

"모르겠어. 나 자신을 점점 더 모르겠어. 간혹 나 자신이 사방에서 균열이 가고 있다는 느낌이거든. 낡은 폐가처럼 말이야."

"조심해. 그런 식으로 유령들이 잠입해 자리를 점거해 버리니까."

"유령 얘길 꺼낼 필요도 없어. 그저 집 밖으로 나가 길에서 누굴 지나치기만 해도, 모르는 이와 이야기를 세 마디 주고받기만 해도 의심과 불안이 스며들거든. 언제부턴가 사람들이 이상해 보이기도 하고. 가끔씩 말이야. 어쩌면 내가 사람들과 더는 조화를 이루지 못하는 것일 수도 있어."

"아니면 그 반대일 수도 있겠고." 카티아가 자기 생각을 말했다. "어쩌면 네가 조화를 이루기 시작한 건지도 모르거든. 조금만 주의해서 살펴봐도 사람들 모두가 좀 이상하다는 걸 알 수 있어. 각자 자기만의 기벽이 있는 데다 우스꽝스러운 제스처나 표현이나 어투를 사용한단 말이지. 이런저런 말들을 끌어모아 그중 몇몇을, 늘 같은 말들을,

아낌없이 쪼아대는 방식이 있고. 게다가 누구나 뇌 한구석에 광기의 씨앗 하나를 품고 있지. 그 도진 정도야 어떻든, 여리든 고착 상태든 말이야. 그 씨앗은 우리 살 속에서 싹을 틔워 핏줄과 신경을 타고 보이지 않는 덩굴처럼 기어가며 종내 마음과 생각 속에서 덤불이 되어 자라지. 우리 눈엔 그게 보이지 않아. 하지만 다른 이들에게서 터져 나오는 작은 싹들은 눈에 띄거든. 그래서 너도 눈을 다시 뜨고 타인을 보게 되는 거야. 바로 그거야."

"그럴 수도 있겠지." 루드빅은 이렇게만 받아쳤다. 대화를 이어나가는 것도, 불안에 빠트리는 몇몇 문제에 동참하는 것도 그는 이미 단념하고 있었다. 전날 저녁 아담과 함께 있을 때 그랬듯, 그런 이야기를 하려 하면 곧 망설임이 일어 다짜고짜 뒷걸음질 치고 말았다. 어떻게 접근해야 할지 몰라서였다. 유사(流砂) 위를 걷는 느낌, 실마리를 찾기도 전에 놓치고만 느낌이었다. 그러나 루드빅이 방황하는 지대와 사실은 아주 흡사한, 안개와 추위와 고뇌의 지대를 오랫동안 거닐었던 카티아는 루드빅의 혼란을 어렴풋이 감지했다. 그래서 막연한 충동의 부추김을 받아 그녀는 마음을 점령한 생각들 주위를 계속 어슬렁댔다.

"사람들이 좀 이상해 보인다는 건 좋은 일이야. 적어도 우리가 그들에게 시선을 주었고 그들의 존재를 인식했다는 말이고, 그들이 뭔가 다르다는 걸 알아챘다는 징조니까. 별로 흥미로울 게 없는 개성일 수도 있지만, 안 그럴

때도 있거든. 중요한 건 그들이 우리에게 충격과 놀라움을 주고 우리의 생각을 흔들어 놓는다는 거야. 어떤 유의 만남이든 거기서 다치지 않고, 심지어 변화를 겪지도 않고 빠져나올 순 없어. 하시드 유대교 전설에 따르면 누구나 하늘에 자신의 빛 하나를 가졌고, 두 사람이 만나는 순간 그들의 빛도 만나게 되어 있어. 이 만남에서 새로운 섬광 하나가 생겨나는데, 그게 바로 천사라 불리는 거고. 그런데 살아 있는 두 사람의 마주침에서 탄생한 이 천사는 덧없는 존재여서 수명이 고작 열두 달에 불과해. 그래서 그 탄생을 야기한 두 사람이 서로 보지 않은 채 일 년이 지나면 천사는 사라지고 마는 거야. 그렇게 한 만남에서 탄생한 천사는 너무 긴 부재가 이어지면 모두 죽고 마니까, 천사가 빛을 발하려면 그 광채의 근원인 두 사람이 지상에서 관계를 이어가야 해."

"그렇다면," 루드빅이 탄성을 터뜨렸다. "이 땅에서 흐르다 멈춰버린 그 모든 사랑의 기류들을 따져보면, 하늘은 망각 속에 던져진 천사들의 먼지로 가득하겠네!"

"그렇기도 하고, 아니기도 해. 역시 전설이 부연한 바에 따르면, 그걸 태어나게 한 사람들이 헤어지면서 사라진 천사는 그 두 사람이 다시 만나 서로 인사를 나누고 축복을 발하는 순간 다시 태어나거든. 그러려면 죽은 이들을 되살려 내는 '그분'께 간청해야 하지."

그녀는 입을 다물었다. 두 사람이 잠시 서로를 조용히

바라보는 사이 같은 생각이 그들 머릿속을 뚫고 지나갔다. 뒤이어 둘은 조금 서글픈 미소를 나누었다.

"흐음……" 루드빅이 각자의 술잔에 와인을 따르며 말했다. "내가 한때 맺고 있었다가 산산조각 나버린 어떤 관계의 천사가 기적적으로 되살아난다 해도 안색이 좋을 것 같진 않군. 무덤 밖으로 불려 나온 라자로가 붕대 밑에선 이미 썩어 들어가고 있다고나 할까. 어쨌거나 고인이 된 우리 천사들을 위해 건배!"

루드빅이 말을 이었다.

"무덤에 묻히든 림보로 떨어지든 분명 흔적을 남길 텐데, 왜 이 흔적들은 온통 추하고 냉소적이기만 한 걸까? 네 말처럼 기적적으로 어떤 잃어버린 열정의 천사가 되살아난다면 변화한 모습이어야 하겠지. 보기 흉하게 얼굴을 찌푸린 천사라면 흥미로울 게 전혀 없는 데다 의미도 없을 테니까. 재회의 천사는, 재회의 대상이 누구든 용서와 관용과 상냥함으로 환히 빛나야 할 거야. 안 그러면 천사가 아니지. 그러니 열정에 내동댕이쳐진 이들보다 한결 겸허한 이 천사들의 건강을 위해 건배하자. 지금 이 순간의 천사를 위해!"

그녀는 황갈색 와인으로 반쯤 채워진 술잔을 들어 올리다 말고 곁눈으로 루드빅을 훔쳐보며 말했다.

"넌 머리가 뒤죽박죽인 거야. 햇빛에 반짝이는 이상한 작은 기포 같다고나 할까? 그 안에 든 건 포도알일까, 광기의 씨앗일까?"

이 말을 듣자 루드빅은 브룸의 연하장이 다시 생각났다. 기포로 가득해 형태를 왜곡시키는 그 즉석 확대경의 도움을 받아 마침 그날 아침 그가 읽은 연하장. 그 순간 '도전'과 '기회'라는 두 단어가 그의 눈 안에서 일렁이며 펼쳐졌다.

"둘 중 뭐야?" 카티아가 자신의 술잔을 만지작거리면서 계속 그에게 곁눈질하며 물었다.

"하나가 없으면 다른 하나도 없겠지." 루드빅이 생각해 보지도 않고 대답했다.

"맞아." 카티아는 그의 말을 인정하며 마침내 술잔을 입술로 가져갔다. "대립되는 무엇 없이 존재하는 건 없으니까. 따지고 보면 모든 게 관점의 문제고, 시각과 해석의 문제지."

그들이 카페를 나왔을 땐 하늘이 이미 보랏빛 도는 갈색으로 변해 있었다. 두 사람은 세차게 내리는 빗속에서 헤어졌다.

"천사들에겐 더러운 날씨군." 루드빅이 말했다.

"그보단 네 먼지떨이한테 그럴걸." 쪼그라든 장밋빛 먼지떨이가 빗물을 뚝뚝 떨구며 튀어나와 있는 루드빅의 가방을 가리키면서 카티아가 받아쳤다.

루드빅은 전날 시작하다 만 청소와 정리를 마치느라

일요일 하루를 몽땅 썼다. 모든 게 마침내 제자리를 잡은 저녁나절, 그는 산뜻하게 정돈된 집안을 바라보며 일말의 만족감을 맛보기는커녕 권태에 짓눌리는 느낌이었다. 이 불안정한 질서와 일시적인 청결이 그를 비웃는다는 느낌이었다. 하찮은 일들을 끊임없이 재수행하며 바로잡는 그라는 존재의 허망함을 부각시키는 듯싶었다. 절대로 끝을 보지 못하는 그의 불안정한 사고들, 그리고 갑자기 중단되어 하루하루 먼지만 쌓여가는 나태한 의문들에도 생각이 미쳤다. 그는 말끔히 정돈된 이 공간이 너무도 불안한 나머지 서둘러 옷을 입고 밖으로 나왔다. 기분이 그렇게 바닥을 치는 날이면 늘 그렇듯 곧장 당구장으로 향했다.

당구대 주변을 돌면서 공들의 위치를 살피고 다음번엔 어떤 식으로 큐를 사용할지 궁리하는데 쓸데없는 생각이 끼어들어 주의를 흐려놓았다. 카티아에게서 그 전설을 전해 들은, 천사에 대한 생각이었다. 그는 융단 위로 몸을 바싹 숙이고 자신의 공을 살피며 큐를 조준했다. 얼마나 강한 힘을 실을지 정확히 계산해 밀어 쳤으며 결과는 대성공이었다. 팁에 초크를 바르며 그는 자문해 보았다. 루돌프 황제와 프라하의 마하랄이 가진 그 유명한 만남에선 어떤 천사가 태어났을까? 눈이 부시도록 환한 천사임에 틀림없었다. 하지만 두 사람의 접견이 있는 동안 번쩍 빛을 발했던 천사는 화르르 타오르는 지푸라기 불처럼 곧 꺼져버리고 만 게 아닐까? 아니면 계속 살아남은 걸까? 프라하의 사슴 계곡 골짜기에 누워 있거나 성 이르지 대성당의 금빛 돌들 위로 한 줄기 먼지 햇살처럼 미끄러져 들어오는 천사를 그는 상상했다. 아니, 그렇지 않았다. 천사가 살아남기엔 역사가 그를 너무 함부로 다루었다. 그럼에도 불구하고 브룸이 그의 흔적을 찾아낸 것일까? 대체 어떤 모습의 천사를 어떤 장소에서 어떤 방법으로 찾아낸 것일까? 그건 브룸 자신의 내면에서일 뿐 다른 어디도 아니라고 루드빅은 생각했다. 단말마의 고통과 느리게 여물어 가는 초연의 상태, 긴 인내의 길을 통해서라고. 자신 밖으로 추방되어, 궁극적으로는 죽음이라는 돌파구를 통과하면서라고. 머릿속에서 이런 추측을 정리하기 무섭게 그는 기분이 몹시 언짢아졌다. 깊은 내면성과 절대적인 외면성을 나란히 두는, 모순이 내재된 추측이었다. 여전히 큐 끝에 초크를 바르면서 자신이 의미 없는 동작을 하고 있음을 깨닫지도 못했다. 다음 순간 그는 외견상의 그 모순을 건너뛰어 카티아가 한 말을 떠올렸다. 자신의 와인 잔 너머로 상대의 얼굴을 살핀 뒤 그녀가 한 말, 모든 게 관점의 문제며 시각과 해석의 문제라는 말. 사실 그건 마하랄의 입장이기도 해서, 모든 건 어느 지점에서 출발하느냐에 따라 완전히 다른 식으로 이렇게도 저렇게도 보일 수 있다는 것이었다. 지극히 작은 유한성의 지점이거나, 확장되고 파열된 무한과 영원의 지점. 근시다 못해 실명 위기에 놓인, 거추장스러운 눈가리개가 씌워진 인간의 관점이거나, 환히 빛나는 무한의 신성한 관점. 세상 위로 던져진 이 두 엇갈린 관점 사이엔 불균형과 왜곡과 심지어 부조화가 존재했고, 서로에게 쏠린 이 두 시선 사이엔 무엇보다 결렬이 있었다. 타오르는 이 두 시선의 교차점에서 마하랄은 평생 스스로를 들어 올리려 한 것이다. 그런 이야기를 그는 그 비밀 접견 동안 루돌프 황제와 나누었을까?

"이봐요."

귓전을 때리는 짜증 난 목소리에 루드빅은 퍼뜩 정신을 차렸다.

"팁을 그만큼 문질렀으면 된 것 같군요! 괜찮다면 좀 비켜줄래요? 자리가 좀 필요해요!"

옆 당구대에서 두 남자가 포즈를 취하는 동안 루드빅은 두 당구대 사이에 말뚝처럼 서서 그들의 게임을 방해하고 있었다. 그는 사과하고 다시 당구를 치기 시작했다. 그러나 도무지 집중이 되지 않아 큐를 조준해 공을 밀어칠 때마다 결과는 참담했다. 결국 그는 그만두기로 하고 당구장을 떠났는데 조금 전에 기분이 상했던 두 남자가 뒤에서 비웃는 소리가 들려 마음에 상처를 받았다. 길에 나와 담배에 불을 붙이던 그는 손가락이 파란 분필 가루 투성이인 걸 알아차렸다.

다음다음 날, 루드빅은 안경점에 안경을 찾으러 갔다. 코 위에 안경을 맞추고 거울을 보는 순간 불쾌한 기분에 사로잡혔다. 안경다리가 관자놀이를 조였고 안경알이 시야를 더 흐려놓았으며 금속 안경테도 마음에 들지 않았다. 그래서 안경을 얼른 안경집에 챙긴 뒤 호주머니 안에 넣었다. 어느 맥주홀에 들어간 그는 조끼를 비우면서 호주머니 안에 든 안경집을 만지작거렸는데 무슨 부끄럽고 우스꽝스러운 물건이기라도 하듯 꺼낼 용기를 내지는 못했다. 그러다 인적이 드문 거리로 나섰을 때에야 다시 안경을 써보았다. 안경을 코에 맞게 조절한 다음 간판이나 벽보 앞에 멈춰 서서 시력을 테스트해 보며 걸었다. 가벼운 어지럼증이 이어지긴 했지만 눈은 벌써 안경알에 적응하기 시작했다. 그를 둘러싼 보고 읽을 수 있는 세계가 좀 더 분명히 감지되었다. 자신의 새로운 눈을 시험해 볼 속셈으로 그렇게 길을 따라 한참을 소요하면서 만족과 짜증 사이에서 흔들렸다. 더 잘 보이는 건 사실이었지만 주변 사물들이 알게 모르게 비틀댔다. 손목시계를 들여다보았다. 아직 병원에 들를 시간이 있었으니 당장 안과의의 진찰을 받을 수 있을지도 몰랐다.

그는 기다란 복도에 놓인 긴 의자에 앉아 기다렸다. 어떤 문이 열리자 한쪽 눈을 새 붕대로 감싼 남자가 나왔다. 그러자 루드빅에게서 멀지 않은 자리에 앉아 기다리던 여자가 벌떡 일어나 함께 있던 사팔뜨기 아들을 데리고 진료실 안으로 사라졌다. 이제 복도엔 루드빅 혼자였다. 때

묻은 작업복 차림의 여자가 복도 끝에서 나타났는데 손에는 양동이와 대걸레가 들려 있었다. 여자는 크림커피색 리놀륨 바닥을 닦기 시작했다. 그러다 루드빅이 있는 위치까지 오자 양동이를 내려놓고 걸레를 물에 적신 뒤 힘껏 짰다. 걷어붙인 팔뚝이 일렁이는 느낌을 주는 것이 나긋나긋한 우윳빛 뿌리를 연상시켰다. 루드빅은 안경테 너머로 그녀의 얼굴을 흘끗 바라보았다. 야윈 뺨에 검붉은 커다란 입, 다크서클이 엷게 드리운 검은 눈. 이미 희끗희끗해지기 시작한 밤색 머리는 얇은 천 조각으로 묶여 목덜미에 드리워져 있었다. 여자의 가늘고 새하얀 목과 단정한 이목구비를 루드빅은 감탄의 눈으로 바라보았다. 간결한 아름다움을 지닌 여자였다. 그는 안경을 벗고 코 뿌리를 문질렀다. 여자의 모습이 흐릿하게 보인 탓에 막상 그녀가 말을 건넨 순간엔 좀 넋 나간 표정으로 상대를 빤히 쳐다봐야만 했다.

"이제 당신은 그 작은 원창 너머로 세상을 봐야 하는군요. 나이가 들면 그렇죠."

살짝 쉰 그 낮은 목소리가 마음에 든 루드빅은 상대의 무례함을 웃어넘기기로 하며 미소 띤 얼굴로 대답했다.

"마음대로 말하시네요. 이 고약한 보철 때문에 시달리지 않으니까요."

그녀는 자루 끝에 달린 걸레를 쥐어짠 다음 다시 일을 시작했다. 그리고 분명치 않은 목소리로 말했다.

"난 헐벗은 마음으로 세상을 봐요. 미천한 이들의 불행이 확대되어 보이고, 힘 있는 자들의 영광이 축소되어 보인답니다. 세상 그 무엇도 내 시각을 정상으로 돌려놓을 수 없을 겁니다."

그녀는 양동이를 한쪽 발로 밀면서 좀 더 멀리까지 청소를 해나갔다. 그녀의 말에 호기심이 동한 루드빅은 몹시 허스키한 그 목소리에 매혹되어 여자 쪽을 돌아보며 무슨 말을 하고 싶은 건지 물었다. 그녀는 잠시 뒤에야 그에게 등을 돌린 채 대답했다.

"아주 단순한 말인데요, 무슨 설명이 더 필요하죠?"

여자는 다시 입을 다물었으며 계속 바닥만 닦았다. 루드빅은 무슨 설명이 필요한 게 아니었으며 그저 그 아름다운 목소리가 듣고 싶었을 뿐이었다. 여자가 일하는 동안 그는 상대를 관찰했다. 다리도 팔처럼 가늘고 근육이 섬세하게 발달된 모습이었다. 발에는 후줄근한 운동화와 단목의 회색 모직양말이 신겨져 있었고, 벌어진 양말 속으로 도드라진 힘줄과 동그스름한 발꿈치가 살짝 보였다. 그는 대화를 계속 이어가고 싶었지만 상대의 입을 다시 열게 할 마땅한 묘안이 떠오르지 않아 시시한 말들만 늘어놓았다.

"그렇겠죠. 직업상 늘 고통받는 사람들과 함께할 테니……"

그녀가 그를 향해 불쑥 돌아섰다.

"제 직업에 대해 무얼 알고 계시죠?"

그는 이 까칠한 반응에 당황해서, 특히나 자신을 응시하는 그 잉크 빛 시선 탓에 대충 얼버무렸다.

"그러니까…… 하시는 일이 이곳 병원의 청결을 유지하는 일이니, 그렇다면……"

"그렇다면요? 왜 그렇게 빙빙 돌려 말씀하세요? 제가 무슨 이 병원 잡역부들에게 거드름 피우며 설교나 늘어놓는 병원 원장이나 되는 줄 아세요? 전 미천한 하녀에 불과해요. 환심을 사려는 것도, 적의가 있어 하는 말도 아니고요, 그저 솔직히 말하는 거예요."

그녀는 다시 자신의 일을 하기 시작했다. 말을 꺼내기 무섭게 상황이 험악해져 루드빅은 더 이상 수다를 이어갈 용기가 나지 않았고 그 먹먹한 목소리의 멜로디 역시 포기해야 했다. 그래서 코 위로 안경을 다시 밀어 올리는데, 양동이 옆에 웅크리고 앉아 물에 걸레를 담그던 여자가 곧 다시 입을 열었다.

"씻어낸다는 게 얼마나 굉장한 일인지 아시죠? 바닥을 씻는 것도 그렇고요. 더러운 신발 자국은 닦아낼 수 있지만 발자국은 아니에요. 그건 지울 수 없거든요. 그 소리가 우리 마음속에서 영원히 울려 퍼지니까요. 상처에서 흐르는 피를 씻으면 우리의 손바닥도 꿈도 영원히 붉게 물들죠. 죽은 이들을 씻기는 건 또 어떻고요. 피부를 깨끗이 닦아내는 동안 모공에선 아직 숨결이 새어 나오거든요. 육신을 벗어버리고 돌연 벌거숭이가 된 놀란 영혼이 새어 나가는 거예요. 그 숨결이 우리의 손을 스치며 손톱 밑에서 버팀목을 구하는 게 느껴진답니다. 죽은 이들을 씻기노라면 가슴속에 영원히 그들의 침묵을 간직하게 되죠. 매번 성목요일의 시련을 경험하는 거예요. 감실은 비어 있어요. 하느님은 다른 곳에 있고요. 아주 이상하게도 언제나 완전히 다른 곳에 있어요. 시신은 바로 그런 거예요. 빈 감실. 살아 있던 자의 영혼이 떠나버렸거든요. 어디로 떠났는지는 아무도 모르고요."

그녀가 걸레를 짠 뒤 다시 펼치자 갈색 물이 뚝뚝 떨어졌다.

"그리고 눈물은 말이죠, 눈물을 씻는다는 거 말예요! 뺨을 타고 흐르는 눈물뿐 아니라 살 속에서 배어 나오는 눈물을 말하는 거예요. 목구멍에서 은밀히 흐르는 눈물이요. 목덜미에서 시작해 허리로 흐르며 피와 숨결과 침과 땀에 뒤섞이는 눈물이죠. 얼마나 많은 사람들의 마음 깊은 곳에 눈물 소금인 긴 종유석들이 있는 걸까요? 병실에서 환자들을 씻길 때면 눈에 보이지 않는 이 종유석들이 웅웅대는 소리가 들려요. 죽은 이들을 씻길 때면 눈물의 이 응고물들이 부서지는 소리가 들리고요."

루드빅은 코에 안경이 비스듬히 걸린 채 시간 가는 줄 모르고 귀 기울였다. 구부정한 자세로 걸레질을 하면서 복도를 성큼성큼 걸어 다니며 독백을 하다가 예기치 못한 순간 입을 다물곤 하는 여자를 그는 감탄의 시선으로 바라보았다. 여자가 오갈 때마다 목소리가 가까워지거나 멀어졌다.

"아, 그리고 여자들의 눈물은 어떻고요!" 그녀가 헝클어져 흘러내린 머리를 뒤로 쓸어 넘기며 말했다. "아침 비를 두고, 덧없이 사라지는 고운 이슬인 여자들의 눈물만큼이나 빨리 마른다는 속담이 있죠. 하지만 이 문제에 대해 남자들이 무얼 알죠? 우리의 회한과 두려움과 고통에 대해 정말이지 무얼 아냐고요. 스스로 울기를 금하는 그들은 아무것도 몰라요! 서로의 마음에 감추어진 눈물에 대해 우린 또 무얼 아나요? 아무것도 모르죠! 경망한 죄인인 우리의 그림자 속에서 절뚝대는 천사들의 눈물에 대해서는 또 무얼 알고요? 아는 게 더 없어요! 아무도 모르는 고독 속에서 하느님이 흘리는 눈물에 대해서라면 완전히 무지하고요. 기껏해야 침묵이라는 이름을 갖다 붙이거나, 심지어 무언증이라 책망하기도 하죠."

그녀는 다시 몸을 웅크리고 바닥의 얼룩을 닦아낸 뒤 몸을 일으켰다. 마포를 양동이에 던져 넣고는 양동이 손잡이와 대걸레 막대를 양손에 나누어 들고 루드빅 쪽으로 돌아왔다. 그녀의 목소리는 한층 먹먹하고 느린 어조를 띠었다.

"우리의 마음 깊은 곳에서 종유석을 형성하는 눈물, 우리의 심장을 회오리처럼 휘어 감는 눈물, 우리의 꿈과 기억을 흐려놓는 눈물, 우리가 죽는 날 부서지는 눈물. 이 모든 눈물에서 봉헌의 소금이 분비됩니다. 죽는다는 건, 우리가 원하건 원치 않건 일종의 봉헌이니까요. 무(無)에 바치는 봉헌일까요, 하느님께 바치는 봉헌일까요? 앞면인지 뒷면인지 내기를 걸어야 해요. 절충안도, 미온의 핑계도 있을 수 없어요. 전부 아니면 무(無)거든요. 내기를 걸고, 위험을 무릅써야 해요."

그녀는 잠시 멈춰 서서 대걸레 막대를 어깨로 받친 뒤 흘러내린 머리를 다시 꼬아 귀 뒤로 넘겼다. 손톱을 짧게 깎은 두 손이 터서 불그레했다. 그녀를 바라보며 그녀의 말에 귀 기울일수록 그녀에게서 드러나는 대비되는 양상들에 루드빅은 놀라움을 금치 못했다. 당황하지 않을 수 없는 그 말씨는 그녀의 직책과 거의 무관해 보였다. 날씬한 몸과 도도하고 진중한 자태 역시 더러운 작업복이나 목이 벌어진 양말, 머리를 묶은 초라한 천 쪼가리와는 어울리지 않았다. 무엇보다 그녀의 말이 지니는 모호한 울림에 루드빅은 일찍이 경험하지 못한 경각심에 사로잡혔다. 그런데도 무슨 말이나 질문을 할 용기를 낼 수 없었다. 마음속에 갑작스러운 한기가 일었다.

여자는 손에 대걸레를 들고 다시 걷기 시작했다. 앞을 지나가면서도 그에게 눈길 한번 주지 않았고, 그를 거기 없는 사람 취급하며 독백을 이어갔다.

"죽음의 순간 길 떠나는 영혼을 제대로 된 방향, 그러니까 하느님이 침묵하시는 방향으로 쏠리게 하는 건 아마도 우리의 눈물이 남기고 간 소금의 무게일 거예요. 그래요, 설령 우리가 정반대의 결과를 점쳤을지언정 이 영혼은 빛을 발하는 광막한 지대 쪽으로 쏠리게 되죠. 눈물에 내포된 소금은 아주 묵직하니 오래오래 타올라 모든 걸 뒤엎고 불바다로 만들고 정화한답니다. 마지막 순간에 일어나는 일이라 해도 말입니다. 어떻게 아냐고요? '너희가 바치는 모든 제물에 소금을 뿌려라. 너희 제물에 하느님과 맺은 언약의 소금 치는 걸 잊지 말아라. 모든 봉헌물에 너희 하느님께 드리는 소금을 곁들여라.'* 그렇게 규정되어 있지 않나요? 죽음은 봉헌이니…… 그렇다면 우리 눈물이 머금은 소금 외에 어떤 다른 소금을 첨가할 수 있나요? 소금은 정화 작용을 하지만 보다 근본적으로는 갈증을 돋우지요. 그런데 인간과 하느님, 둘 중 누가 누구를 더 갈망하나요? 상대의 갈망을 누가 더 필요로 할까요? 모르는 일이죠! 사랑에 대해 우리가 아는 건 아무것도 없어요. 십자가에 달린 그리스도는 죽음의 순간에 '목이 마르다'고 하지 않았나요? 그건 그가 사람들의 눈물을 모조리 마신 데다 하느님의 눈물까지 맛보았기 때문이에요. 그 두 눈물이 만나는 곳, 두 갈증이 교차하는 지점에서 그는 죽었어요."

여자는 양동이를 메트로놈처럼 흔들면서 느리고 당당한 걸음으로 염전의 일꾼이 갈퀴를 밀듯 대걸레를 밀며 말했고, 그렇게 복도 맨 끝에 있는 문밖으로 사라졌다. 루

---

* 레위기 2장 13절.

드빅은 심장이 쿵쿵 뛰고 차가운 바이스가 관자놀이를 조이는 느낌이었다. 이번엔 안경 때문이 아니었는데, 마침 코에서 흘러내린 안경이 바닥에 떨어졌다. 안경알 하나가 빠져나왔고 다른 하나에도 금이 갔다. 그 상황에 복도에서 계속 기다린다는 건 무의미한 짓이었다. 그래서 그도 안경알과 테를 집어 들고 자리를 떴다. 불안한 독백에 빠져 있던 그 청소부 여자를 다시 찾아보겠다는 생각도 하지 않았다. 쓸데없는 짓이었다. 그가 질문을 한다 해도, "제 말은 단순해요. 더 이상 무슨 설명이 필요하죠?" 하고 다시 반문할 게 틀림없었다.

집에 돌아온 루드빅은 그곳에 감도는 질서에 놀랐다. 서재 문지방에 잠시 선 채로 가지런히 정돈된 서가를 응시했다. 벽 너머로 이웃집 괘종시계 소리가 희미하게 들려왔다. 일곱 번의 우아한 타종 소리. 루드빅은 익숙한 공간을 바라보았고, 그가 사는 건물과 거리에서 올라오는 소리에 귀 기울였다. 일상의 삶이 느릿느릿 몹시도 순조롭고 평화롭게 이어지고 있었다. 그 사실을 확인하며 스스로가 완벽히 명료하고 차분한 상태임을 느끼면서도, 같은 순간 어떤 역류가 삶을 딴 곳으로 데려가고 있다는 생각이 들었다. 여러 주, 여러 달에 걸쳐 일상의 직조 속으로 서서히 파고든 놀랍고도 색다른 무언가가 돌연 낯선 밀물이 되어 무구한 외관으로 현실 세계를 몽땅 휩쓸어 버린 것이다. 그는 정체 모를 강렬한 의혹에 사로잡혀 만사를 의심하면서 무슨 일이든 닥칠 것을 기대했다. 그 어디에도 더 이상 피난처는 없었으며, 단순명료한 현실 세계에 다시 발붙일 수는 없을 것만 같았다. 평범하기 그지없는 그의 일상 속으로 밀려들어 오는 이 비현실감의 원인이 무언지 그는 추적해 보려고 하지 않았다. 그러고 보니 범람하는 그것이 비현실인지 초현실인지 아니면 유사현실인지, 그것도 아니면 하위현실인지조차 알 수 없었다. 마음속에서 눈덩이처럼 불어나는 불안을 뭐라 설명해야 할지 모르는 채, 내면이 붕괴되고 의식이 양분되는 것이 그저 생생하게 느껴질 따름이었다. 더 이상 이 불가해한 현상에 맞서 싸울 힘도 욕구도 없었다. 어쩌면 그가 여태 저항하거나 달아나려 한 탓에 이 현상이 그렇게나 덩치를 부풀리며 기세를 떨쳤는지도 모르잖는가? 조난당한 이가 힘을 아끼려고 물 위에 몸을 누이듯 그 흐름에 자신을 맡기고 실려 간다면 저절로 괜찮아질지도 모를 일이었다.

다음 날 아침 그는 일찌감치 기차를 타고 T시로 출발했다. 장례식은 오전 늦게 예정되어 있었고, 그는 역에서 곧장 묘지로 갈 생각이었다. 상황을 봐서 낮 시간이나 이른 저녁에 집으로 돌아오는 기차를 다시 탈 생각이었다. 그는 에바가 초대해 주어 그녀의 집에 잠시 들를 수 있기를 바랐다. 브룸이 노년을 보낸 보리수 가의 아파트를 마지막으로 한 번 더 보고 싶었기 때문이다. 응접실의 황갈색 불빛이 떠올랐다. 벽을 뒤덮은 큼직한 서가들, 가구와 바닥에서 풍기는 진한 밀랍 향, 어두운 와인색이 주조를 이룬 낡은 천들과 양탄자도 생각났다. 선반과 문을 비롯해 사방에 장식되어 있는 보후슬라프 레이넥*의 복제판화들도 다시 생각났다. 눈(雪) 연작물을 비롯해, 욥과 그리스도의 고난과 돈키호테를 담은 놀라운 작품들이었다. 브룸은 언제나 레이넥을 크게 존경했으며 그의 번역서를 비롯해 시와 판화 작품을 높이 평가했었다. 그의 작품은 영감으로 가득했으며, 벚꽃으로 환한 해질녘 정원처럼 빛이 스미어 있었다. 눈을 맞으며 명상에 잠긴 작은 초목마냥 침묵이 관통했고, 천사가 눈꺼풀과 입술을 스치고 지나가는 잠든 이처럼 지극히 감미로운 몽상에 사로잡혀 있었다. 브룸은 무엇보다 레이넥이라는 인물 자체를 사랑했다. 땅과 계절과 심원한 조화를 이루었던 페트르코프의 고독한 인간. 짐승과 인간에게 순수한 연민을 품었으며, 예리한 청각으로 언어에 귀 기울였고, 비가시적 세계의 언저리에서 한눈팔지 않고 긴 불침번을 섰던 사람. 루드빅은 그 두 사람이 실제로 얼마나 비슷한 삶을 살았는지 처음으로 헤아릴 수 있었다.

T시엔 눈이 아직 녹지 않은 채 두텁고 단단하게 쌓여 있었다. 묘지 담장 안의 그 눈 위에 야힘 브룸의 재가 뿌려졌다. 그 재는 산에서 어린 소년이 소금 모이를 주었던 새

* Bohuslav Reynek(1892~1971), 체코의 작가며 시인, 화가, 번역가.

들의 그림자 같은, 그저 희미한 그림자를 퍼뜨렸다. 하지만 그림자에 소금을 주며 반길 아이는 이곳에 없었고, 대신 검은 옷을 입은 에바와 노인 몇 명 그리고 루드빅이 있었다. 그들이 던진 한 줌의 꽃, 향기도 없는 창백하고 초라한 이 온실의 꽃들은 추위에 금세 얼어 시들어 버릴 터였다. 루드빅은 소금과 관련해 아이가 했던 말을 떠올렸다.

"난 사랑하는 모든 것에 소금을 뿌려요. 내 기억 속에 받아들이고 내 마음속으로 초대한다는 의미예요."

이 순간 그 어린 소년이 여기 있었으면 얼마나 좋을까, 하고 루드빅은 생각했다. 그러면 눈의 결정(結晶)들 속으로 이미 용해되어 가는 재, 이젠 이 재에 불과한 브룸이 평화롭게 떠날 수 있도록 빌어주었을 것을. 땅에서 지워져 바람에 실려 가는 브룸을 위해 이 바람이 노래를 대신해 주었다. 바람은 가사 없는 시편이었고, 하늘 표면에서 윙윙대는 숨결이었다.

사람들은 에바와 몇 마디 나누고 짧게 포옹한 뒤 물러났고, 묘지를 나설 땐 루드빅 혼자 그녀 곁에 있었다. 그녀는 그 어느 때보다 말이 없었다. 루드빅은 보리수 가에 가보고 싶다는 뜻을 차마 내비치지 못하고, 괜찮으면 레스토랑에서 함께 식사나 하자고 제안했다. 그녀는 잠시 망설이더니, 별로 시장하지 않은 데다 무엇보다 사람들 많은 곳에 있고 싶지 않다며 그를 자기 집으로 초대했다.

그들은 마가목이 늘어선 가로수 길을 따라가다가 트롤리 전차를 잡아타고 보리수 가 모퉁이까지 왔다. 건물 발치에 다다른 순간 루드빅은 브룸의 응접실 창문들 쪽으로 눈을 들었다. 창문들이 평소처럼 빛을 발했다. 에바의 청결 강박증은 여전했던 거다. 루드빅은 그녀를 따라 계단을 올라가면서 생각했다. 에바의 일생은 한마디로 요약될 수 있다고, 그녀는 이 집의 조용하고 엄숙한 요정이었다고. 브룸 자신은 이곳의 상냥한 정령이었던 셈이고.

현관에서 그들은 외투를 벗었다. 에바는 검은 스웨터와 검은 일자 스커트 차림이었다. 초상(初喪)의 슬픔으로 그 간결한 용모와 수척함이 더 도드라져 보였다. 마루판이 삐걱거리는 복도를 지나는 동안 루드빅은 그녀의 자태가 검은 학 같다는 생각을 했다. 그러면서 그는 그 소리들에서 특별한 울림이, 즉 빈 공간의 울림이 전해진다는 사실 또한 깨달았다. 응접실 문턱을 넘어서는 순간 환한 빛에 눈이 부셨다. 커튼을 걷어낸 창유리들을 통해 쏟아져 들어온 햇빛이 누런 맨 벽에 얼룩무늬를 만들었고 왁스 칠을 한 바닥의 금빛 오리목 위에서 물결쳤다. 가구는 물론 장식품도, 책과 양탄자도, 모두 치워지고 없었다. 응접실은 텅 비어 있었다. 루드빅이 놀라는 걸 보고 에바가 설명해 주었다. 이사 중이라고, 반환법 규정에 따라 이 건물 전체가 다시 개인의 소유가 되었다고. 소유주가 건물을 몽땅 뜯어고치기로 결정해 집세가 오르게 되었는데 그녀에겐 그만한 지출을 감당할 능력이 없다고 했다. 어쨌거나 이제 혼자 남게 된 마당에 그녀에겐 이 집이 너무 큰 것도 사실이었고, 이곳에선 삼촌 — 그녀가 늘 야힘이라는 이름으로 부르던 — 의 부재가 너무 생생하게 느껴진다는 점도 있었다. 그토록 오래 살았던 이곳을 포기하고 떠나야 할 날을 그녀는 이미 예견했고 자발적인 후퇴까지 준비해 둔 터였다. 고향인 모라비아로, 출발점으로 돌아갈 것이었다. 에바는 이런 사정들을 담담한 어조로 짧게 전달할 뿐 어떤 설명도 덧붙이지 않았고, 혼란스러운 감정이나 그리움을 드러내지도 않았다.

"그런데 아직 그곳에 가족이 있기는 해요?" 루드빅이 물었다.

"먼 사촌들이 있어요. 연락을 두절하다시피 하고 살았지만요. 오래전에 그곳을 떠나왔고요. 부모님이 교통사고로 돌아가셨을 때 난 겨우 열다섯 살이었어요. 그래서 삼촌 야힘이 나를 맡게 됐죠."

에바는 가구를 치운 집에서마저 주부의 의무를 소홀히 하지 않았다. 낡은 스툴과 접이식 의자를 찾아낸 다음 주방으로 가서 주전자에 물을 채웠다. 이사는 지난주에 했고, 장례식 다음 날 자신이 떠날 때까지 숙식에 필요한 몇 가지 물건만 남겨둔 상태였다. 화장 당일까지 이곳에서 기다리며 남게 된 거였다. 그녀는 응접실에서 간단한 식사를 즉흥적으로 마련했다. 4등분으로 자른 토마토와 약간의 치즈, 빵과 사과를 모두 종이 접시에 담아 여행 가방 뚜껑 위에 놓았고, 터키산 커피를 컵에 부어 가져왔다. 그러면서 그렇게 초라한 식사를 대접할 수밖에 없는 것에 대해 양해를 구했다. 두 사람은 말없이 음식을 조금씩 입에 넣었다. 바깥에서 새들이 지저귀는 소리가 높고 활기차게 들렸다. 에바는 역광을 받으며 접이식 의자에 아주 곧은 자세로 앉아 있었는데, 이목구비가 흐릿하게 검은 실루엣으로만 보였다. 브룸의 부재가 마룻바닥에서 타오르는 강렬한 밀짚색 빛과 하나 되고, 거리에서 올라오는 새들의 날카로운 울음소리와도 뒤섞였다. 브룸의 죽음은 질녀의 꼿꼿하고 검은 상반신에 응축되어 있었다.

에바는 토마토 한 조각을 입으로 가져가다 말고 창문 쪽으로 살짝 고개를 돌리며 말했다.

"야힘은 햇빛 가득한 봄날 아침, 돌아온 철새들이 지저귀는 소리를 들으며 죽고 싶다고 종종 되뇌곤 했죠. 하지만 정반대였어요. 한겨울 해질녘에 죽었으니까요."

이 말에 루드빅은 퍼뜩 정신을 차렸고, 더는 망설이지 않고 물었다.

"그런데 말이죠, 에바, 당신 삼촌이 임종에 들기도 전에 죽을 날을 고르고 정해두었다는 건 정확히 무슨 의미죠? 그가 병석에 있는 동안 당신이 여러 번 그런 암시를 했었거든요……"

그녀의 손이 무릎에 놓인 접시 위로 천천히 도로 떨어

졌다. 그녀는 고개를 돌리지 않고 여전히 옆얼굴인 채로 말했다.

"거기에 대해선 저도 삼촌만큼이나 아는 게 없어요. 그저 추측일 뿐이에요."

"그렇다고만 할 순 없어요." 루드빅이 다그쳤다. "통화로 그 날짜를 언급했을 땐 거의 확신하는 목소리였거든요."

"그렇기도, 그렇지 않기도 해요."

"어쨌거나 날짜가 맞아떨어졌어요……" 루드빅이 저도 모르게 그렇게 말했다.

"네, 예상한 날에 돌아가셨으니까요." 그녀도 인정했다.

루드빅이 곧바로 말을 이었다.

"이젠 거의 아무도 관심을 갖지 않는 4세기 전 사건을 기념하는 날에 말입니다."

에바는 그를 향해 얼굴을 돌리고 그의 눈을 똑바로 바라보았는데 그럼에도 놀라움을 드러내거나 질문을 하지는 않았다. 그녀가 계속 침묵을 이어가자 루드빅이 다시 입을 열었다.

"루돌프 황제와 프라하의 마하랄, 둘의 만남에 왜 그가 그렇게 관심을 가졌을까요? 중요한 사건인 건 분명하지만, 그렇다고…… 그날 이후로 프라하성에서든 세상 다른 어디서든 무수한 일들이 벌어졌는데, 왜 하필 다른 날이 아니고 이날인 걸까요?"

에바는 고개를 갸우뚱하며 손에 들고 있던 토마토 조각을 바라보았다.

"어이없는 일이긴 해요. 그래도 그날이 언젠지 당신도 알아냈잖아요. 당신도 알고 있었어요. 그러니 그 모든 게 터무니없는 일이라고만은 할 수 없어요."

루드빅은 그녀의 말을 자르고 자신도 나중에야 짐작하게 된 일임을 밝히고 싶었다. 몹시 모호한 암시였을지언정 그녀 덕분에 실마리를 제공받아 얽히고설킨 우연의 일치와 직감에 의지해 차츰 그런 가정에 이르게 되었다는 것을. 그 순간 그녀가 말을 이었다.

"당연히 날짜를 알아낼 수 있었겠죠. 지난번 당신이 여기 왔을 때 내가 건넨 노트에 삼촌이 언급해 두었으니까요. 삼촌은 오래전부터 그 사건에 관심을 가졌어요. 사실은 당신이 이런 얘길 더 빨리 해주길 기대했어요……"

루드빅은 잃어버린 노트가 생각나 얼굴이 붉어지는 걸 느끼면서 숨을 고르며 대답했다.

"기대한 건 나예요! 이 날짜와 관련해선 지난번 짧은 통화 때 당신이 극히 모호한 암시만 흘리는 통에 더는 묻지 않는 게 낫겠다 싶었거든요……"

에바는 손을 내저으며 말을 이었다.

"아무러면 어때요. 이 문제에 대해선 우리 둘 다 논리적인 설명을 하기가 어려울 테니까요. 이 경우엔 이성이 끼어들 여지가 거의 없거든요. 이성이라면 우리 시대에 굴욕을 면치 못했죠. 이 시대는 우리의 양심에 심각한 타격을 가했으니까요! 야힘은 이 시대를 결코 받아들이지 못했고, 시체 썩는 냄새가 진동하는 그것에 멱살을 잡혔죠. 시대가 무슨 오열처럼 그의 목을 졸라댄 거예요. 하지만 그는 결코 포기하지 않고 의미를 찾아 헤맸어요. 할 수 있다면 어디든, 우리 시대를 뒤덮은 피와 땀과 피눈물로 얼룩진 안개 속에서 끝없이 암중모색한 거죠. 그렇게 방황하던 중 환히 빛나는 광채 하나를 찾아낸 거고요. 광란에 싸인 시대의 언저리, 혼돈의 한복판에서 두 사람이 밀담을 나누었던 흔적이었어요. 죽음을 앞두고 그는 머나먼 전설 속 이 작은 광채를 표지등으로 삼았고요. 따지고 보면 별빛 역시 유구한 세월을 여행해 우리네 하늘 공간에 도달하는 거잖아요. 우린 자신의 시대와 한 몸이 될수록 현재의 순간을 살게 되고, 시간을 비켜나 다중의 시간 속에 존재하게 되는 거죠."

그녀는 잠시 말을 멈추었다. 반짝이는 과육 조각을 입으로 가져가다 말고 다시 접시 위에 내려놓았으며, 치마 위에 떨어진 빵 부스러기를 털어냈다. 그녀에게서 좀처럼 목격할 수 없었던 다변(多辯)이었다. 브룸이 쓰는 말과 어법이 그녀에게서 되살아나는 게 아닌가 싶었다. 그녀는 예기치 못한 활달함과 편안한 모습을 보이며 두 목소리의 독백을 다시 이어갔다.

"그래요, 이성은 여기서 기각됐어요. 그보단 열정의 문제예요. 문제가 되는 건 바로 열정일 거예요. 의식과 마음과 영혼의 길고 꾸밈없는 열정 말이에요. 끝없는 연민, 바로 그것이 외관상 아주 부차적인 사건을 둘러싸고 구체화된 거죠. 부차적이긴 해도 몹시 강렬해서, 봄에 죽음을 맞고 싶다는 그의 열망을 밀어냈거든요. 병 때문에 내면에 이런 불안이 움터 파국으로 치닫게 된 건지, 아니면 그 불안이 잠복해 있다가 병을 야기한 건지는 모르겠어요. 몹시 혼란스럽네요. 삼촌이 차츰 기억을 잃어가며 말을 못하게 되었을 때 난 그의 내면에서 이 시대에 대한 공포가 다시 머리를 쳐드는 걸 느꼈어요. 이성에 가해진 상처가 다시 아가리를 벌리는 것을요. 자신의 삶에 대한 기억들이 와해되어 갈수록 그런 경각심이 드러나 보였고요. 그는 안락의자에, 연이어 침대 깊숙이 몸을 묻은 채, 인류만큼이나 오래된 질문들을 미친 듯이 하고 또 했죠. 의로운 자들이 늘 조롱당하는 이유가 뭔지, 희망이 언제나 꺾이고야 마는 이유는 뭔지, 그렇게나 많은 무구한 이들이 일반의 무관심과 거짓 속에서 지속적으로 천대받고 죽음을 당하는 이유는 뭔지. 난폭한 자들과 강한 자들과 교만한 자들이 언제나 승리하고 지배하는 이유가 뭔지. 언젠가 그가 창가 안락의자에 앉아 있다가 읽던 신문을 화가 나서 내동댕이치는 걸 봤어요. 9월 오후였는데, 화창한 날씨여서 응접실이 햇빛으로 가득했죠. 그런데 그가 바닥에 신문을 팽개치면서 혼잣말로 중얼거렸어요. '지긋지긋하군!' 그 목소리의 톤 때문에 나는 깜짝 놀랐어요. 분노와 절망에 질식당해 금세라도 숨이 넘어갈 것 같은 소리였거든요…… 그에게 무슨 일인지 물어봤지만 대답이 없었어요. 내가 곁으로 다가가도 보지도 듣지도 못하는 것 같았고요. 다음 순간 그는 자리에서 일어나 방으로 물러나면서, 피곤해서 좀 쉬고 싶다고 했어요. 저녁 무렵 나는 방문을 두드리며 기분이 나아졌는지, 식사할 생각이 있는지 알아내려 했지만 대답이 없었고요. 걱정이 되어 방문을 소리 나지 않게 살짝 열어봤어요. 그는 눈을 크게 뜬 채 허공을 응시하며 침대에 길게 누워 있었죠. 방에 들어가 침대 곁으로 다가가서 보니 얼굴이 눈물에 흠뻑 젖어 있었어요. 그는 자신이 울고 있다는 걸 모르는 듯했고요. 난 머리맡에 앉아 삼촌의 손을 잡았는데, 얼음장 같은 손이 떨고 있었어요. 입술도 떨렸고요. 난 눈물이 흥건한 그 얼굴을 닦아주었죠. 바싹 다가서서 몸을 숙이고 귀 기울이니 삼촌은 그대로 이를 악문 채 뭐라 중얼대고 있었어요. 이 시대에 만연한 악을 전혀 이해하지 못한 채 세월을 보냈다고 말했어요. 무수한 아이들이 목숨을 잃는 마당에 그렇게나 오래 산 게 부끄럽다고, 가슴속에서 불길이 솟구친다고, 세상에 들끓는 도살자 무리가 쉴 새 없이 맹위를 떨치며 이 불을 계속 타오르게 한다고 되풀이해 말했어요. 책들이, 그가 평생 동안 읽고 깊이 생각하고 사랑했던 책들이 타들어 가는 느낌이라고요. 단어와 시가 타들어 가고, 다른 이들의 말이 타들어 가고,

웃음과 노래가 타들어 가고, 언어가 타들어 가는 걸 느낀다고요. 내면에서 감지되는 악의 공포가 너무 생생해, 자신이 읽고 배우고 사랑했던 그 무엇도 이 공포를 잠재울 순 없다고. 언어가 그의 살과 영혼 속에서 불길에 삼켜져 버렸다고……

밤중에 첫 번째 발작이 있었어요. 병원에서 퇴원해 돌아왔을 땐 이미 말을 하는 게 쉽지 않았고요. 탈진한 상태로 몇 시간이고 의자에 남아 있었답니다. 처음엔 삼촌이 좋아하는 책이나 기사 따위를 내가 읽어주었지만 곧 싫다는 사인을 보내왔어요. 무슨 귀찮은 벌레를 쫓기라도 하듯 아직 건강한 한쪽 손으로 거칠게 손사래를 치면서요. 하지만 같은 손으로 하루는 선반 위의 어떤 책을 가리켰죠. 나는 황급히 책을 찾아 가져다주었고요. 그는 원하는 페이지를 찾을 때까지 책장을 넘겼어요. 우리가 얘기했던 루돌프 황제와 랍비 뢰브의 접견을 언급한 페이지 말이에요. 그는 그 구절을 손가락으로 짚으면서 들릴락 말락 한 쉰 소리로 말했어요. '알아낼 테야. 그날 두 사람이 나눈 대화를 알아내고 말겠어. 그 날짜에 맞춰 출두할 거고.' 그러고 나서 책을 덮었죠. 그 순간 난 그가 죽을 날을 정했다는 걸 알았어요."

"책이라면 어떤 책이었나요?" 루드빅이 물었다.

"모르겠어요. 그 순간에 난 그가 읽고 있던 행들에만 주의가 쏠려 있었고, 삼촌의 발음이 분명치 않아 이해하느라 애를 먹었거든요…… 그리고 나선 서가에 책을 다시 꽂아야 했고요. 프라하의 마하랄과 루돌프 2세 시대와 관련된 책은 여러 권 있었는데, 책들이 모두 크래프트지 커버로 싸여 있어서 어떤 책이었는지는 잊어버렸어요. 사실 그건 중요한 문제도 아니고요. 내가 기억하는 건 그가 언급한 날짜, 종말로 정해둔 날짜였어요. 죽음의 카운트다운이 이제 가차 없이 시작되었다고, 그가 내게도 불쑥 알려 왔으니까요. 이어진 5개월 동안 시간은 모래시계 안에 응축되었죠. 그 안에 든 모래알의 숫자를 나는 고통스러울 만큼 정확히 파악하고 있었고요. 모두 합해 159알. 그 책이라면 나중에 새 거처에 정착해 짐을 풀게 되면 천천히 찾아볼 거예요. 하지만 현재로선 모두 부차적인 문제라 여겨지네요."

"그렇지 않아요…… 방금 전에 내게 말하지 않았나요? 내면에서 돌연 책들이 모두 타들어 가는 느낌에 그가 큰 고통을 받았다고요. 그렇다면 그 책이야말로 그의 마음속에서 치솟은 불길을 이겨낸 것이겠죠. 그 책만이요!"

"그 책이라기보다 그 안에서 이야기된 사건에 그가 흥미를 느낀 거예요…… 내 생각엔, 사건 자체도 흥미롭긴 하지만 그 사건을 내포하는 훨씬 광범위한 맥락 탓에 그가 그렇게나 마음을 빼앗긴 듯해요. '역사'라는 혼란스럽고 모호한 이야기 속에서 반짝이는 어떤 쉼표라고나 할까요. 줄표나 아니면 숨을 가다듬는 잠깐의 휴지일 수도 있겠고, 의미의 약속이 빛을 발하는 공동(空洞) 아니면 아주 예리한 물음표…… 말하자면 핵심적인 구두점이라고 할 수 있겠죠. 야힘은 역사가도, 여러 종교에 대한 전문가도 아니었고, 철학자라고도 할 수 없었어요. 그저 의미를 열렬히 추구하고 정의를 갈구한 사람이었죠…… 그 어떤 상황에서도 마지막까지 희망을 버리지 않고 끔찍이도 고통받았던 사람이에요."

"이제 돌아가셨으니, 그토록 알고 싶어 했던 걸 마침내 알게 됐을까요?"

"내가 죽은 이들의 비밀을 어떻게 알겠어요?" 에바가 그를 바라보며 말했다. "야힘의 생시의 비밀도 좀체 알 수 없었는데요. 내 성년의 삶을 그의 곁에서 모조리 보냈지만요. 그러다 결국 내 자신의 비밀은 온전히 알고 있는 건지 의심하기에 이르렀죠. 죽기 몇 달 전부터 삼촌을 사로잡은 그 깊은 좌절감은 바로 이 무지(無知)와 관련이 있어요. 그전까지 그가 먼 데서 맴돌기만 했던 문제들, 모든 게 아름다움으로 고양된 길로 둘러 가느라 직시하지 않았던 문제들과 갑자기 맞닥뜨리게 된 거죠. 난데없이 길들이 끊어지며 불타오르고 허공이 아가리를 벌린 거예요. 자신이 시대의 비극에 그 정도로 깊이 연루되어 있음을 몰랐던 거죠. 자신에게도 그 고통이 철저히 요구된다는 걸, 인간들을 향한 상처 입은 무능한 사랑으로 괴로워해야 한다는 걸 몰랐던 거예요."

"그가 신자였나요? 신에 대해 종종 언급한 적이 있긴 했어도, 자신이 가장 공감했던 시인들이 이야기하는 그런 방식이었어요. 하느님에 대해선 전혀 말하지 않았어요."

"그가 무슨 말을 할 수 있었겠어요? 우리 중에 누가 그런 이야길 할 수 있을까요? 정말로 어떤 계시를 받았거나 아주 경솔한 사람이 아니고서야 하느님에 대해 논할 순 없겠죠."

"그래도 그가 죽기 4세기 전에 있었던 대화는 — 그가 마지막으로 온 힘을 다해 생각과 주의를 쏟았던 그 대화 말이에요 — 분명 창조의 신비를 다루었을 겁니다. 하느님이라는, 애매하기 그지없는 이름이 지니는 울림의 깊이를 재었고요. 어쨌거나 그가 듣고 싶었던 건, 다른 어떤 대화도 아닌 그 대화였어요."

루드빅은 자기도 이해하고 싶다는 절박한 심정에 사로잡혔으며 이제까지 거짓 문제라 치부해 버렸던 의문들을 끈질기게 제기했다. 하지만 몇 가지 확신과 지표들이 지난 몇 달간 점차 사라지고 현실이 해빙기 하천의 물처럼 붕괴되었기에 그는 새롭고 기이한 공간에 던져진 채로 그 법칙과 논리를 — 아무리 불합리할지언정 — 추정해 보려고 암중모색하고 있었다. 그런데 밀짚과 꿀 색깔의 빛으로 넘쳐흐르는 이 텅 빈 응접실에서, 생각했던 것과는 딴판인 상복 차림의 이 여자를 마주하고 앉아 그는 완전히 혼란에 빠졌다. 소용돌이치는 이 사막에 경표를 설치해야만 했다.

"그렇다면요?" 에바가 거의 퉁명스러운 어조로 받아쳤다. "말했다시피, 내가 죽은 이들의 비밀을 알 순 없어요. 하느님의 비밀도 마찬가지고요. 전혀 모르는 문제를 두고 말하고 싶진 않네요. 아힘하고라면, 우리가 나눈 건 무엇보다 침묵이에요. 침묵에 대한 취향, 침묵에 귀 기울이는 취향."

그녀는 입을 다물었고, 둘은 한참 동안 그렇게 있었다.

"커피 한 잔 더 하실래요?"

그녀가 잠깐 동안의 가벼운 잠에서 깨어난 듯 나른한 목소리로 갑자기 물었다.

"아뇨, 고마워요. 이젠 가봐야겠어요. 당신도 처리해야 할 일들이 아직 많을 것 같은데요." 루드빅이 자리에서 일어나며 말했다. "내가 무슨 도울 일이 있으면……"

"고마워요, 정말 친절하시네요. 아무것도 필요하지 않아요. 이미 다 준비되고 정리되었거든요."

그녀는 자리에서 일어나 미소를 지어 보였다. 서글픔과 비애가 감도는 미소였다.

"저는 늘 정리 정돈과 질서를 중시한 여자였죠. 지금은 그 어느 때보다 더하고요."

"왠지 아쉬움이 느껴지는 목소리군요." 루드빅이 지적했다.

루드빅은 그녀를 위로해 주고 싶었고, 무엇보다 마음속에서 불쑥 솟아나는 그녀에 대한 공감과 존경심을 표하고 싶었다. 오랜 세월 그녀에게 무관심했으며 막연한 경멸감마저 품고 있었지만 말이다.

"질서를 중시하는 여자라는 말이 정확하네요. 더없이 깊고 내면적인 의미에서 말이죠. 고결한 의미에서라고도 할 수 있겠어요. 나한텐 결여된 감각이죠."

"엄청난 무질서가 종내 풍요로운 결실을 성취해 낼지 누가 알겠어요?" 그녀가 어깨를 으쓱하며 말했다.

두 사람은 서로 마주한 자세로 그렇게 서 있었다. 에바는 역광을 받고 있어 표정이 잘 보이지 않았다. 눈의 광채, 꼭꼭 숨겨진 어떤 강인한 광채만이 분간되었다.

"그러고 보니 잊을 뻔했네요……"

그녀가 갑자기 생각난 듯 응접실을 가로질러 출입문 안으로 사라지더니 자신의 손가방을 들고 다시 나타났다. 담배색 가죽으로 가장자리를 두른, 커다란 검정 캔버스 가방이었다.

"당신한테 주려고 따로 보관해 둔 책이에요. 야힘이 머리맡에 두고 읽으며 몹시 아꼈던 책이죠. 그의 손때가 묻어 많이 낡긴 했어요! 야힘은 그 책의 내용을 외고 있었죠. 내가 그걸 가방 속에 넣어둔 건, 장례식을 마치자마자 당신이 떠날 건지 아니면 잠시 머무를 건지 몰라서였어요……"

그녀가 자신의 가방을 뒤지는 동안 루드빅은 또 한 번 얼굴을 붉혔다. 잠시 머릿속이 어지러웠다. 몇 달 전 그가 마지막으로 방문했을 때의 장면이 거의 동일한 방식으로 되풀이되고 있었다. 그는 에바가 갈색 크라프트지 봉투 하나를 내밀며 그 잃어버린 노트를 돌려주기를 기다렸다. 그러고 나서 그를 매몰차게 내쫓아 버리기를.

시간이 역류한 듯싶었다. 지난 몇 달의 시간은 그저 일시적인 환영에 불과해, 브룸은 여전히 살아 있으며 그 모든 건 꿈이 아니었을까? 꿈이었다면, 누가 누구를 꿈꾸었던 걸까?

"아, 여기 있네요!"

에바가 신문지에 싼 얇고 큼직한 꾸러미 하나를 꺼내며 말했다. 루드빅은 양팔을 내려뜨린 채 두근대는 가슴으로 꼼짝 않고 서 있었다. 자신의 손이 닿으면 이 새 꾸러미가 해체될 것만 같아 그는 감히 손을 내밀 수 없었다. 시간이 정지된 듯한 이 순간의 불안한 마법에서 벗어나겠다는 생각을 할 수도 없었다.

"어서 받아요!" 에바가 다그쳤다. "수취인의 손에서 30년을 머문 책이 발송인에게로 돌아오는 거예요."

루드빅은 이 말을 전혀 이해하지 못한 채 눈이 휘둥그레져 그녀를 바라보았다.

"당신이 학업을 마칠 무렵 야힘에게 선물한 책이에요. 구시가지의 고서점에서 구입해서요."

"전혀 생각이 나지 않는데요……"

"벌써 오래전 일이어서 잊어버렸을 거예요. 야힘은 그

걸 굉장히 아껴서 자신과 당신을 이어주는 가교라 했어요. 그걸 당신께 돌려주는 건 그 이어짐이 계속 남았으면 해서예요. 상황이 바뀌어서 이번엔 발송인이 수취인이 되었지만요."

루드빅은 꾸러미를 손안에서 뒤집어 보면서 더듬대며 고마움을 표했다. 그러고 나서 그걸 외투 호주머니에 쑤셔 넣은 뒤 이미 빛이 사그라지기 시작한 텅 빈 응접실을 마지막으로 한 번 더 둘러보았다.

에바가 문까지 그를 바래다주었고, 그가 문간에서 내민 손을 잡았다. 그 순간 미세한 전율이 흘렀고 둘은 소스라치며 서로를 바라보았다. 그렇게 손을 마주잡기는 몇 년 만에 처음이었다. 에바는 늘 멀리서 팔짱을 낀 자세로 고개만 살짝 끄덕이며 인사를 보내왔으니까. 이번에도 그녀는 얼른 자세를 추스르고 손을 빼며 희미한 미소를 지어 보였다. 루드빅의 얼굴에도 보일 듯 말 듯 미소가 떠올랐다. 그는 무어라 말하고 싶었지만 덧붙일 말을 찾지 못했다. 그저 머뭇거리며 문 앞에 서서 눈을 내리떴으며 연이어 자리를 떴다. 그녀가 조용히 문을 닫았다.

방향 전환

기차 출발 시간까지는 세 시간도 더 남아 있었다. 그래서 루드빅은 T시의 거리들을 어슬렁거리다 한 카페에 들어갔다. 그는 호주머니에서 꾸러미를 꺼내 테이블 위에 놓은 뒤 내용물을 감싼 신문지를 폈다. 책 표지에 파울 클레의 복제화 한 장이 붙어 있었다. 〈Ad marginem〉. 중앙에 자주색 태양이 떠 있고 그 위에 작은 새 한 마리가 다리를 공중에, 머리를 밑에 둔 자세로 걸려 있는 이상한 그림이었다. 책을 뒤집자 뒤표지에 클레의 또 다른 그림이 등장했다. 밤을 배경으로 붉은 얼굴에 기이한 미소를 띠고 커다란 붉은 눈물방울을 떨구는 〈심연의 미치광이〉였다. 책을 펴니 속장에 잉크가 바랜 헌사가 눈에 들어왔다. "유랑하는 생각이 시인의 말들을 소금과 해와 달 조각처럼 흩뿌리는 야힘 브룸에게, 존경과 감사의 마음을 담아. 당신의 루드빅." 책장을 넘기자 제목이 든 페이지가 나왔다. 20세기 전반 프랑스 시 선집이었다.

브룸이 어린 제자에게서 책을 선사 받아 폴 포르, 프랑시스 잠, 블레즈 상드라르, 기욤 아폴리네르, 쥘 쉬페르비엘이나 초현실주의자들을 발견하게 된 건 물론 아니었다. 그는 오래전 이미 그들의 작품을 읽었을 터였다. 그런데도 그가, 적어도 에바의 말대로라면, 이 책에 엄청난 애착을 갖고 특별한 의미를 부여했던 이유는 뭘까? 브룸은 자신을 열렬히 추종했던 이 제자에게 그렇게나 큰 애정을 지녔던 걸까? 그러나 그 열정을 루드빅은 곧 잃어버렸으니 브룸은 기분이 상하고 실망하고 상처를 받았을 게 분명했다. 어느 날 제자가 선물한 작은 책, 그 대수롭잖은 물건을 브룸이 무슨 기념물인 양 그토록 소중히 간직했다니, 루드빅은 자신이 그런 대접을 받을 만한 사람이 못 된다는 생각이 들었다. 책장을 들척이던 그는 북마크로 사용된, 우편엽서 크기의 판지에 작업한 콜라주 하나를 발견했다. 몽타주 하나가 더 있었는데, 그건 루드빅이 직접 만든 것이었다. 그는 학창 시절에 그림이나 텍스트를 해체해 파울 클레의 그림 속 작은 새처럼 거꾸로 놓는다든지 하는 놀이에 몰두했었다는 사실을 떠올렸다. 그것들에 충돌과 움직임과 회전 운동을 부여하는 놀이였다.

이 몽타주엔 그레코의 〈톨레드 정경〉 밀운(密雲)에서 오려낸 거대한 하늘 한 쪽이 있었고, 조토의 프레스코화에 나오는 가파른 바위 절벽 풍경도 있었다. 크고 가느다란 형상의 세 남자가 황량한 바위들과 물결치는 하늘을 가로질러 걸어가는데, 거대한 발뒤꿈치 하나는 구름을 치고 다른 쪽 발바닥은 땅을 밟고 서 있다. 자코메티의 조각상들에서 조심스럽게 오려낸 형상들이었다. 루드빅은 카드를 뒤집어 보았다. 북마크로 사용된 이 카드엔 책보다 더 최근 날짜가, 그러니까 그가 다른 나라로 떠나 살기로 결심한 시점의 날짜가 적혀 있었다. 그는 자신이 브룸에게 작별 인사로 쓴 몇 줄을 읽어보았다. "그들은, 살아 있는 자들은, 오래전부터 걷고 있는데 우린 꼼짝 안 하고 있습니다. 저는 너무 기다리기만 했어요. 그들이 시야에서 사라질까 봐 두렵습니다. 제게 가르쳐 주셨듯이, 모든 방황은 우리가 붙잡아야 하는 기회가 아닐까요? 지금이야말로 제가 떠나야 할 시간입니다. 다시 만날 날을 기약하며 작별 인사드립니다. 애정을 담아, 루드빅."

그는 펼쳐진 페이지에 카드를 다시 내려놓았다. 자신과 홀로 대면하는 이 순간, 얼어붙은 강렬한 수치심에 사로잡혔다. 마지막으로 브룸을 방문했을 때 그는 브룸을 피폐해진 그 외관으로 판단했었다. 건망증에 걸려 딸꾹질을 해대는 노쇠한 노인. 삶에 의해 폐기 처분된 쓰레기. 그런데 모든 걸 망각한 이는 루드빅 자신이었던 반면 노인은 기억이 말짱했고, 그의 사고 역시 여전히 깨어 있었던 거다. 루드빅은 젊은 시절에 자신이 브룸에게 선물한 책과 헌사, 책 표지에 붙인 파울 클레의 그림들과 고국을 떠나기 전 마지막 기별로 보낸 카드, 그 모두를 잊고 있었는데 말이다.

그가 모든 걸 잊고, 소홀히 하고, 뒤죽박죽으로 만든 것이었다. 그런데 한 줌 재가 되어 눈 속으로 녹아들어 간 야힘 브룸이 갑자기 그의 과거와 기억을 되살려 냈다. 그의 마음과 정신을 다시 일으켜 세워 바람 통하는 곳에 가져다 심어놓았다. 야힘 브룸, 이 땅에서 이미 사라지고 없는 사람, 무덤이라고는 질녀의 사랑 속에 새겨진 것이 전부인 그가 루드빅에게 다시 길을 떠나도록 재촉했다. 아무리 쓰고 떫다 해도 삶의 맛을 다시 찾으라고. 입에 쓰긴 해도 뜨겁게 타오르는 끈질긴 맛이었다. 야힘 브룸, 시간을 거슬러 영원을 향해 걸어간 사람, 의미를 찾기 위해 보이지 않는 세계로 떠난 사람. 살아 있는 자들의 마음과 생각 속에서 끊임없이 자신의 무덤을, 새로운 빛으로 반짝이는 거대한 빈 무덤을 열고 나오는 사람. 야힘 브룸. 별거 아닌 선물과 한마디 말조차 확대시키고 고양시켜 복원해 내는, 아낌없이 베푸는 수취인.

루드빅은 카드를 원래 있던 페이지, 그가 눈으로 대충 훑은 아폴리네르의 시 「행렬」의 절들 사이에 다시 올려둔 뒤 책을 덮었다. 머릿속을 뒤져보았지만 아주 시시한 기억 하나만 끄집어낼 수 있었다. 젊은 시절 종종 들르곤 했던 말라 스트라나의 고서점에서 고서들로 빼곡히 채워진 서가를 뒤지는 자신의 모습이 보였다. 고서에서 누렇게 바랜 종이와 먼지의 달짝지근한 냄새가 퍼져 나오곤 했었다. 서

점은 사라진 지 오래였다. 그 자리에 처음엔 과일과 야채 가게가 들어서더니 최근 들어 잡화와 옷을 파는 가게로 바뀌어 있었다. 티셔츠들엔 멍청한 문장들이 쓰여 있었고, 멋을 부린답시고 카프카나 모차르트의 캐리커처를 포함해 골렘 인형이나 음탕한 새끼 돼지, 해골바가지, 스타나 아이돌의 인물사진이 프린팅되어 있었다. 책이 파와 배추와 고구마가 되었다가 연재 만화가 실린 의류가 된 것이다. 따지고 보면 그레코의 하늘과 조토의 바위들, 자코메티의 걷는 사람들 역시 끝나지 않는 이야기를 축약해 들려주는 만화가 아니던가? 매번 다시 시작되는 각자의 이야기, 모두의 이야기였다. 지상에서의 하루하루를 걷고 또 걷기, 중력과 부동에 맞서 싸우기, 시간과 현실과 꿈의 길들을 활보하기, 밤과 빛을 탐색하기, 바람의 약속과 다른 이들의 말에 귀 기울이고 땅의 희미한 노래와 '역사'의 아우성에 귀 기울이기. 무수한 신비와 메아리와 의문을 실어 나르는, 자신의 핏속에서 들리는 웅성임에 귀 기울이기. 그런데 루드빅이 예감하긴 했어도 빗장을 질러버린 한 이야기를 브룸은 몸소 읽고 해석하고 번역했으며, 처음부터 끝까지 살아냈던 것이다.

그는 손목시계를 들여다보았다. 역으로 가기 전에 아직 시간이 많이 남아 있었다. 다시 돌아가 에바를 보고 싶었다. 그녀에게 묻고 싶은 게 무척 많았다. 그 책에 대해, 잃어버린 노트에 대해, 그리고 이미 병석에 누운 브룸이 공현절에 써 보낸 카드에 대해서도. 이 카드라면 그녀도 읽었음에 틀림없는 게, 카드를 부쳤을 사람은 그녀밖에 없었기 때문이다. 그녀는 무언가를 알면서도 입을 다물고 있는 게 분명했다. 그들의 삶 표면에서 반짝이는 모순과 우연의 외피 아래 짜여가는 의미를 적어도 루드빅 자신보다 더 잘 이해하고 있을 터였다.

카티아가 그에게 들려준 만남의 천사 이야기가 다시 생각났다. 이야기를 듣던 순간엔 그 의미를 에스테르와의 깨어진 관계에 한정 지어 이해했었다. 크나큰 사랑이었건만 파경을 맞았고, 그 결과 천사는 돌이킬 수 없이 혼란에 빠진 거라고. 그러나 아무리 타락하고 상처 입은 천사라 해도 비물질적 시공 어딘가에 아직 버티고 있을 터였다. 한번 일어난 일은 무효화될 수 없고, 한때 존재했던 거라면 그 무엇도 부인되거나 무(無)로 은폐될 수 없으니까. 그렇게 과거의 매 순간은 현재라는 실체 속에 살아 있는 것이다. 번식력을 지닌 모호한 침전물이 되어, 깊디깊은 망각 속으로 다시 녹아들어 가 영원히 은밀한 빛을 발하는 미세한 빛의 파편이 되어. 루드빅은 내면에서 자신의 과거가 꿈틀대며 봉기하는 것을, 빛과 그림자가 어우러진 투명 군단이 일어서는 것을 느꼈다. 그가 지금까지 살아오며 만났던 모든 이들로부터 태어난 천사들이었다. 개중에는 아주 초라하긴 해도 한눈에 띄는, 브룸과의 관계에서 태어난 천사도 있었다.

루드빅은 보리수 가까지 빠른 걸음으로 걸었지만 그곳에 이르자마자 좀 전의 열의를 잃고 말았다. 갑자기 우유부단한 망설임에 사로잡혀 길모퉁이에 이르러서부터 이미 걸음을 늦추기 시작했고, 결국 건물을 마주한 채 보도에 꼼짝 않고 선 채로 브룸의 응접실 창문 쪽으로 얼굴을 들었다.

떠나버린 브룸. 부재 속에서 너무도 생생히 현존하며, 침묵 속에서 쉴 새 없이 속삭여 대는 자. 그가 이제 루드빅을 마주하고 몸을 일으키며 그에게 맞섰다. 그가 살던 집의 지극히 평범한 외관 너머로, 엉뚱하고도 황당한 방식으로 말이다. 이 건물은 브룸을 기리기 위해 마련된 묘비라 할만 했다. 하늘을 향해 수직으로 세워진 빈 무덤. 그런데 루드빅은 차도를 건너 그 무덤 안으로 들어갈 수 없었다. 다시 돌아와 그렇게 서성이고 있는 것이 얼마나 헛된 짓인지 불쑥 느껴졌기 때문이다. 브룸은 완전히 다른 세계에 있었으며 에바도 떠날 채비를 하고 있었다. 그건 그렇고, 못다 한 말들이 아직 남아 있던가? 무얼 더 기대한단 말인가?

그는 건물 정면에 시선을 고정시킨 채 멍하니 탈진한 사람처럼 보도에 머물러 있었다.

해가 저물어 갔다. 이젠 햇빛이 창유리를 비추지 않았고, 건물 내부에 불이 들어온 곳도 없었다. 저녁 어스름 속에 보이는 높다란 창문들은 반사 코팅을 입히지 않은 푸르무레한 거울처럼 보였다. 저녁 바람만이 눈에 띄지 않는 흔적들을 그려 넣는, 유리로 된 페이지들. 푸르스름한 바람의 리듬을 타고 루드빅의 생각도 미끄러져 나갔다. 글을 썼다가는 지우고, 읽고, 잊어버리고, 말하고, 그러고 나선 침묵하고, 사랑하고, 더 이상 사랑하지 않기로 하고, 붙잡고, 그런 다음 놓아버리기. 사랑하고, 사랑을 지키고, 알고, 그러다 더는 아무것도 이해할 수 없게 되는 것. 그리고 마지막엔 기다리기. 무한한 인내와 극도의 끈기를 발휘해 우리가 기다리고 있는 것이 무엇인지조차 알지 못하면서 빈손으로, 헐벗은 마음으로, 열린 정신으로 기다리기. 야힘 브룸이 그런 남자였다. 비통하리만큼 내밀한 동시에 몹시도 인간적인, 영예로운 전장에서 죽은 사람.

병원 청소부 여자가 했던 말이 희미한 메아리가 되어 머릿속에서 다시 울렸다. "서로의 마음에 감추어진 눈물에 대해 우린 또 무얼 아나요?…… 우리가 죽는 날 부서지는, 종유석을 형성하는 모든 눈물…… 봉헌의 소금을 분비하는 그 모든 눈물……"

창문들이 점점 어두워지면서 흑요석처럼 검은빛을 띠었다. 그러다 난데없이 안에서 빛이 터져 나오며 내부가 다시 환히 들여다보였다. 날씬한 그림자가 지나갔다. 에바가 응접실을 가로지르고 있었다. 그녀는 가슴팍 높이에 어떤 물건을 받쳐 들고 있었다. 그게 뭔지 루드빅은 분간할 수 없었는데, 무슨 용기나 우묵한 접시 아니면 사발 같기도 했다. 그 순간 한동안 그의 눈앞에 나타나곤 했던 이미지가 다시 머릿속에 떠올랐다. 느닷없이 모습을 드러내며 느리고 끈질기게 이어지던 이미지, 잿빛 사막을 슬로모션으로 걸어가는 동방박사들의 이미지였다. 에바도 마찬가지였다. 머리부터 발끝까지 어둠으로 치장하고 침묵이 울려 퍼지는 사막을 다스리는 야윈 여왕. 그런데 그녀가 양손 안에 들고 있는 건 뭘까? 그 침묵이 발하는 광채일까, 삼촌의 눈물일까, 그 눈물이 내포하는 소금과 불일까? 아니면 인내로 다듬어진 그녀 자신의 고독? 아니면, 그게 아니면…… 그러다 정신 나간 상상력의 발동으로 루드빅은 불쑥 자문해 보았다. 저 위의 버려진 응접실에서 에바가 앙상한 두 손안에 들고 있는 건 루드빅 자신의 심장이 아닐까? 그날 오후 둘이 대화를 나누던 중 그가 부지중에 잃어버린 자신의 심장, 혹은 그 파편은 아닐까?

그는 불이 밝혀진 창문들 쪽으로 고개를 든 채 보도에 그대로 남아 있었다. 한 창문에서 다른 창문으로 에바의 실루엣이 천천히 지나갔다. 추방당한 그림자 여왕, 금빛 배경 위로 떠오른 그림자 동방박사. 루드빅의 정신은 무중력 상태에 들어 표류했다. 대걸레를 든 여자가 그를 씻어 내고 속을 비워낸 듯 그는 내면의 황무지를 떠다녔다. 자아를 상실한 느낌이었다. 자기 아닌 다른 존재들은 물론 다른 부재들이 그를 관통해 지나간다는 느낌.

갑자기 불빛이 꺼지고 어둠이 다시 몰려들어 에바와 응접실을 집어삼켰고, 창백한 불꽃인 브룸의 눈물과 루드빅 자신의 일부를 집어삼켰다. 그는 해질녘 한기에 몸을 떨며 양손을 호주머니에 찔러 넣으면서도 자신의 감시초소에 그대로 남아 있었다. 보랏빛 도는 갈색 하늘에 어렴풋이 모습을 드러낸 시커먼 건물 정면밖에 더는 아무것도 보이지 않았지만 말이다.

 에바는 어두운 응접실 창문 뒤에 선 채로, 저 아래 보도에서 눈먼 보초처럼 자리를 지키고 있는 루드빅을 바라보았다. 먼지 낀 천장 전등을 해체한 뒤 씻으러 응접실을 지나가는데 그의 모습이 눈에 띄었다. 루드빅이 아파트를 떠난 지 한참이 지났는데도 아직 그 거리에 있는 걸 보고 처음엔 놀랐지만 다음 순간 그렇게나 은밀하고도 기이한 그 끈질긴 현존에 동요를 느꼈다. 그녀는 먼지 낀 조명등을 양손에 여전히 받쳐 든 채 응접실을 몇 번이나 오간 뒤에야 불을 *끄고* 돌아와 어둠 속에서 이 별난 보초병을 살펴보았다. 대체 그는 무얼 원하며 무얼 기다리는 걸까? 아무것도 아닐는지도 몰랐다. '그래, 저이가 나를 훔쳐보고 있는 건 아닐 거야. 나한텐 관심이 없으니까. 꿈을 꾸고 있군. 선 채로 잠이 들었어. 좀 지친 늙은 말이 한순간 회상에 잠긴 거야. 어쨌거나 야힘의 죽음에 조금은 마음이 괴롭겠지. 아니면 다시 올 이유가 없는 장소를 그저 마지막으로 한 번 더 보고 싶은 걸까? 나를 응시하면서도 보고 있진 않다는 걸 모르는군…… 사실 나를 정말로 보았던 적은 한 번도 없지…… 내가 자기를 보고 있다는 것도 모르고. 이젠 다 소용없게 된 일이야. 그렇다손 쳐도 이상한 작별 인사군……'

거리에 가로등들이 켜지며 연노란 불빛을 퍼뜨렸다. 루드빅은 희미한 밀짚 빛 후광을 두른 두 가로등 사이에 서 있었다. 저 위 검은 창유리 뒤에서 에바가 그의 얼굴 표정을 분간하기는 쉽지 않았다. 그녀는 그 표정을 보았다기보다 짐작했다. 자신이 아는 그의 얼굴을 다시 조합해 냈는데, 상상력을 조금만 가미해도 형상이 뒤틀렸다. 루드빅이 호주머니에서 손을 빼 옷깃으로 가져가 단추를 채운 뒤 위로 세웠다.

그 순간 그녀가 근 삼십 년간 잊고 지냈던 한 장면이 망각과 부인의 모호한 지대를 한달음에 벗어나 기억 속에 생생히 되살아나며 의식을 점령했다.

그녀의 사랑이 송두리째 파탄 나고 말았던 저녁에 대한 기억이었다. 그녀의 젊음 또한 나이나 솟구치는 욕구에 대한 차가운 무관심 속으로 전복되어 들어간 저녁이었다. 그 당시 에바는 아직 T시에 살지 않았으며 야힘과 함께 수도에 거주하고 있었다. 브룸은 수년이 지나 대학에서 쫓겨나 강제로 은퇴당하고 나서야 시골에 틀어박혔다. 나이와 욕구에 등을 돌린 젊은 여성인 에바가 이미 노년에 들어선 삼촌을 따라왔다.

어느 복도, 어떤 문 뒤에서 일어났던 그 장면이 이 순간 그녀의 기억 속에서 재현되었다. 복도엔 불이 꺼졌지만 유리를 끼운 문 안쪽은 불이 환히 들어와 있었다. 밝은 주황빛의 두꺼운 판유리들로 이루어진 문이었다. 삼촌이 묵는 방은 태양의 수족관을 연상시킨다고 에바는 루드빅에게 말하곤 했었다. 그런데 그날 밤 그 유리문은 넋을 잃을 만큼 아름다운 만화경이라는 표현이 더 어울렸다. 난데없이 날아드는 따귀랄지, 도를 넘어선 아름다움.

문 앞에 다다른 에바는 한 손이 이미 손잡이에 닿아 있었는데, 다른 손으로 노크를 하려던 마지막 순간 그녀는 동작을 멈추었다. 그 수족관 벽 너머로 기이하고도 나른한 형체가 움직이고 있음을 깨달았기 때문이다. 그녀 안의 모든 것이 — 생각도, 숨도, 감각도 — 일시에 정지했다. 두 눈만이 예외였다. 갑자기 시각은 오히려 예리해져 모든 힘과 주의력이 그리로 집중된 것만 같았다.

오렌지색 불빛으로 환한 방 안, 유리문 너머 몇 발짝 떨어진 침대 위에 갈색 피부의 여자가 책상다리를 하고 앉아 있었다. 알몸인 여자는 분노의 절규가 나올 만큼 아름다웠고, 회한의 눈물이 나올 만큼 외설적이었다. 에바는 당장 자리를 벗어나 그 추잡한 문에서 멀리 달아나거나, 아니면 문을 밀치며 유리판을 세게 쳤어야 했을 것이다. 하지만 그러기엔 너무 늦은 시점이었다. 그녀는 깜짝 놀라 그 자리에서 꼼짝도 할 수 없었다. 눈앞의 광경이 너무 강렬해 시선을 떼지 못했다. 여자는 온통 빛의 윤기가 흐르는 육(肉)의 우상처럼 군림했다.

이 우상은 머리와 양 어깨를 선정적으로 흔들거나 상체를 뒤로 젖히거나 배와 무거운 젖가슴이 솟게 했으며 규칙적이고도 나른한 리듬으로 등을 굽히기도 했다. 때때로 양손을 모아 머리카락을 목덜미 위로 쓸어 올리는가 하면 다시 팔을 벌려 등허리 쪽으로 떨어져 내리게 했다. 간혹 다른 두 팔이 그녀의 어깨 뒤로 모습을 드러냈다. 에바는 그 팔들이 문어 다리처럼 동시에 꿈틀대는 걸 보았다. 꿀처럼 노란 문어.

쌍두(雙頭) 문어. 금발에 더 가까운 잔뜩 헝클어진 머리가 여자의 한쪽 어깨에서 다른 쪽 어깨로 천천히 구르다 여자의 등 안쪽에 묻혀버렸으며 그러다 곧 풀어 헤친 갈색 컬들 속에서 다시 나타났다. 이 금발의 머리는 우상의 목 안쪽에서 똬리를 튼 채 그 귀와 목덜미를 가볍게 깨물었다. 그러자 여자는 작게 웃음을 터뜨렸고, 명랑한 그 소리는 곧 나른한 한숨이 되어 사라졌다.

팔완목 동물. 두 개의 새로운 다리가 여자의 양 허리에서 튀어나와 허벅지 밑으로 미끄러져 내리더니 발목에 감겼다. 여자가 몸을 일으켜 머리를 뒤로 젖히고 조약돌처럼 반짝이는 네 무릎을 끌어올렸다. 감긴 다리들이 천천히 열리더니 완전히 벌어졌다. 그 순간 여자의 겨드랑이 안에서 불쑥 나타난 두 손이 여자의 젖가슴을 더듬고 애무하며 슬그머니 배와 음부 쪽으로 잠입했다. 그곳에서 손가락은 검은 음모 속을 더듬으며 허둥대다 흑옥 같은 삼각형 심부에 벌어진 주홍색 타원 쪽으로 대담하게 옮겨가 그 가장자리를 헤집었다.

에바는 자기 몸의 비밀에 무지했다. 그런데 이제 그 비밀이 노골적으로, 거의 희열에 찬 양상으로 그녀 앞에 모습을 드러낸 것이다. 태양의 수족관 반투명한 칸막이벽 너머에 있는, 그녀보다 훨씬 예쁘고 관능적인 여자의 몸을 통해서였다. 이 문어 여자는 자신의 허벅지를 벌려 희열에 찬 외설을 과시하며 무심하기 이를 데 없는 태도로 자신의 성기를 내주고 있었다. 에바 자신은 온전한 신뢰와 순진한 열정으로 자신의 마음을 열고 내주었을 뿐인데 말이다.

유리문 뒤에 꼼짝 않고 서서 그녀는 그 손을 바라보았다. 상대는 문어 여자의 등에 들러붙어 타원형의 그 축축한 살을, 장밋빛으로 부풀고 주름이 진 살을 손으로 더듬었다. 어둠이 가장자리를 접어 감친 작고 오목한 심장 주위로 도톰한 꽃잎을 벌린 바다 속 꽃, 그 꽃의 심장 속에 손가락을 찔러 넣고 있었다. 살짝 들린 여자의 몸 아래로 털이 무성한 성기가 꼿꼿이 일어서서 그 심장 깊숙이, 활짝 피어난 장미꽃 속에 가 박혔다. 그 순간 손은 여자의 엉덩이와 젖가슴과 팔, 머리털에 달라붙더니 다시 엉덩이와 배, 옆구리로 옮아갔다. 여자는 이제 웃거나 한숨짓는 대신 신음 소리를 내거나 때로 비명을 질렀다. 반쯤 웅크린 자세로 제자리에서 춤을 추면서 느닷없이 머리를 세차게 흔들곤 했다. 추하기도 아름답기도 한, 뭐라 설명할 수 없는 기이한 춤이었다. 기세와 속도가 점점 더해가며 확대되어 가는 양손의 공격을 받은 거친 춤, 상반신의 불규칙적인 요동으로 화한 춤. 그 손이 여자의 육신을 힘껏 움켜잡고 템포와 요동에 박차를 가했다. 속도와 헐떡임에 무아지경이 된 나신, 원시의 우상이었다. 그 순간 이 문어 우상은 거칠게 활 모양으로 휘어지며 이중의 비명을 내질렀다. 높고 날카로운 비명과 동시에 터져 나온 쉰 소리. 에바의 발광한 눈 안에서 이 광경은 색채와 음향이 온통 뒤죽박죽되었다. 윙윙 소리가 들리는, 환각에 사로잡힌 눈. 날카로운 비명은 강렬한 노란빛을 발했고, 쉰 소리는 자줏빛과 흑갈빛과 보랏빛으로 충만했다. 타인이 거주하는 여자의 몸은 오렌지색 조명 속에서 진줏빛을 발하며 환희에 젖어 있었고, 상대는 그 몸속 작열하는 어둠 속으로 침잠하고 있었다. 다음 순간 그 이중의 비명이 사그라지면서 우상의 몸은 천천히 옆으로 무너져 내렸다. 상처 입은 짐승의 옆구리처럼 헐떡이는 두 옆구리. 그러다 두 손등에 — 하나는 갈색 머리털 속에, 다른 하나는 여자의 어깨 위에 늘어져 있는 — 시선이 가닿는 순간, 이번에도 에바는 눈이 멀어버린 듯했다. 여자는 가슴 위에 양팔을 포갠 채 웅크린 자세로 오르가슴에 빠져 있었다.

에바는 이 우상의 몸 위에 좌초한 두 손을 응시했다.

그녀가 사랑하는 사람의 손. 기껏해야 힘주어 잡아보거나 때로 조심스레 스치듯 입을 맞추었던 손. 사랑하는 사람의 신성한 손이자, 순진한 몽상에 잠긴 자신의 심장을 맡겼던 손. 배신자의 손, 더럽혀진 손.

에바는 마침내 정신을 가다듬고 발길을 돌렸다. 뒤돌아보지도 않고 소리 없이 자리를 떴다. 11월 저녁이었고, 적갈색 이파리들이 보도를 따라 바람에 쓸려가고 있었다. 불충한 이의 손을 닮은, 녹과 진흙과 추잡한 행동의 색깔. 이파리들은 내달리거나 아스팔트 위를 기어갔으며 때론 짧은 원무 속에 휘말렸다가 떨어지며 사방으로 흩어졌다. 그날 에바는 그 낙엽을, 타락한 손을 밟으며 걸었다. 그녀가 보는 앞에서 값싼 애무를 베푼 손이었다. 그런데 이 손 말고 그녀가 본 게 있었던가? 남자의 얼굴은 단 한 번도 드러나지 않았었고 여자의 과한 육신 뒤에 혹은 머리털 뒤에 계속 가려져 있었다. 여자의 얼굴 역시 보지 못한 건 마찬가지였다. 눈과 이와 성기의 광채만 언뜻언뜻 눈에 띄었을 뿐이다. 얼굴 없는 우상, 살과 팔다리와 성기로 넘쳐나는 우상. 외설과 거짓으로 번득이는, 얼굴을 지니지 않은 우상이었다. 그런데 머릿속에서 루드빅이 이 우상과 뒤섞여 하나가 되면서 에바의 완고한 눈엔 흉하게 일그러져 보였고, 그렇게 그녀의 애정 생활은 미처 시작되기도 전에 끝나고 말았다.

루드빅은 저 아래 보도, 두 개의 창백한 빛 웅덩이 사이에서 맨손으로 옷깃을 여민 채 서 있었다. 에바는 그러고도 30년 동안 그를 다시 보았지만 늘 멀찌감치 차가운 거리를 두고서였다. 한 번도 완화하거나 좁혀본 적 없는, 그녀 자신이 만들어 둔 거리였다. 시간이 지나면서 과오도 잊히고, 그 장면 역시 망각 속에 묻히고 말았지만 말이다. 눈앞에 떠올라 번개처럼 기억을 스치며 또다시 그녀를 경악케 하는 광경이긴 했어도, 더 이상 마음이 흔들리지는 않았다. 젊은 시절의 사랑은 과거지사가 되었고, 미덕과 열정과 질투가 뒤섞여 솟구쳐 오르던 시기도 막을 내린 터였다. 삶은 다른 길들을 내며 지나갔으며, 마음과 생각과 영혼의 지평에 다른 공간들을 열어 보였다. 엄숙하고도 느리게, 부드러운 침묵 속에 지나간 삶, 그런대로 괜찮은 삶이었다.

에바는 불 꺼진 창 뒤에 숨어 루드빅을 내려다보았다. 또 한 번의 일방향 시선, 고독한 관찰이었다. 하지만 폭력적이지 않은 광경, 상처를 주지도 혐오감을 불러일으키지도 않는 광경이었다. 미련도 없었다. 평화로운 광경. 죽은 야힘을 보면서도 느꼈던 감정.

공허감이 그녀의 몸과 정신 안에 광범위하게 퍼져나가, 천장에서 떼어낸 둥근 조명등을 잡고 있던 손이 풀렸다. 조명등이 발치에 떨어져 부서졌다. 산산조각이 나 흩어지는 유리 소리 때문인지, 아니면 그녀 안에 넘쳐나는 공허감 때문인지, 그녀는 몸을 떨었다. 한참, 아주 한참이 지나서야 망연자실한 상태에서 깨어났다. 그녀는 천천히 정성을 다해 옷을 벗어, 유리 조각이 널린 바닥에 던졌다.

그렇게 에바는 알몸으로 어깨를 꼿꼿이 세운 채 검은 창유리 뒤에 서 있었다. 그 순간 루드빅은 다시 걸음을 떼었다. 역으로 돌아가야 할 시각이었다. 저 위에서 하얗게 빛나는 형체가 어렴풋이 눈에 띄었는데 구름 혹은 달그림자처럼 보였다. 그는 마지막으로 한 번 더 시선을 던진 뒤 멀어져 갔다.

에바는 한참 동안 그렇게 알몸으로 차가운 응접실 어둠 속에 꼼짝 않고 남아 있었다. 그녀가 드러내고 있는 건 알몸의 축제도 벌거벗은 살의 환희도 아니었고, 침묵과 인내와 꿈으로 연마된 나신이었다. 번뇌와 후회와 원한과 비애를 넘어서서 진정된 마음의 희고 부드러운 껍질. 보이지 않는 세계를 향한, 그곳으로의 출두를 위한 신비로운 여정에 든 야힘을 그녀가 마지막으로 씻겼을 때의 그 벗은 몸과도 흡사한 알몸. 그것은 똑같은 헐벗음이며 자기 포기며 소유의 단념이었으며, 똑같이 깊은 겸손과 순결이었다. 벌거벗은 무언의 하얀 기도며, 벌거벗은 용서, 순수한 연민인 벌거벗은 사랑이었다. 그녀가 곧 떠나게 될 이 소도시 T의 지붕들 위로 내리는 밤, 모든 도시의 지붕들 위로 내리는 밤, 이 밤에 에바는 자신의 알몸을 바치고 있었다. 모두의, 저마다의 고독에 건네는, 달빛을 띤 작은 보시였다.

루드빅은 눈 덮인 도시의 도로와 골목길을 지나 서둘러 역으로 걸음을 옮겼다. 달빛에 젖어 이미 선잠에 든 도시였다. 한 여자의 하얀 몸이, 몹시도 순결하고 관능적인 그 벌거벗음을 부동의 몸짓으로 주변 멀리까지 퍼뜨리면서 이 도시를 가볍게 어루만졌다. 재와 묵상의 은빛을 발하는, 반투명한 낙엽이 널린 여자의 하얀 심장은 경이와 비탄에 넋이 나가 있었다.

확성기에서 열차가 들어오고 있다는 방송이 나왔다. 이건 대체 어느 나라 언어일까? 확성기가 전해주는 간결한 메시지를 이해 못 하는 바 아니었지만, 루드빅은 잠음으로 흐려진 그 소리를 들으며 놀라움을 금치 못했다. 땅끝이나 시간의 경계에서 솟구치는 소리, 혹은 온전한 각성 상태에서 꾸고 있는 꿈속에서 울리는 소리 같았다.

기차는 연보랏빛 밤 속을 달리고 있었다. 차체를 부드럽게 흔들며 점점 더 빈약해져 가는 풍경 속을 통과해 갔다. 창고와 몇몇 가옥, 눈 덮인 작은 정원들과 캄캄한 과수원들이 지나갔고, 들판과 연못이 형성된 풀밭과 앙상한 잡목들이 보였다. 눈에 덮여 푸르스름한 그 광막한 땅 위로 달빛에 물든 구름과 하늘이 끝없이 펼쳐져 있었다.

기차가 나지막한, 아주 나지막한 소리로 웅얼대며 달렸다. 삶이 그렇게, 몹시 느리고 간절한 선율을 단조롭게 속삭이고 있었다. 이제껏 한 번도 맛보지 못한 평화가 루드빅의 마음을 감쌌다. 그런데 이 깊은 평화의 감정과 동시에 내면에서 차츰 경각심이 눈을 떴으니, 아주 기이하고 모순적이기까지 한 느낌이었다. 전면적이고도 가공할 비상사태에서 느끼는 위협적인 경이로움, 눈부신 두려움이라 할 만했다.

그 하루 동안 경험한 마음의 동요와 피로, 기차의 단조로운 흔들림에도 불구하고 루드빅은 졸음이 오지 않았다. 불가해한 기다림으로 인한 지나친 경계 탓에 옅은 잠에 빠지지도 않았다. 무슨 일이 일어난 건 전혀 아니었다. 하지만 이렇게나 평범한 시간과 장소에서, 이처럼 아무 일도 없는 상황에서, 엄청난 무언가가 예감되었다. 열차의 실내등과 더러운 창유리, 경사지를 따라 줄지어 지나가는 빈약한 덤불들에 이르기까지 모든 게 놀랍고 신기했다.

기차가 웅얼웅얼 소음과 음향을 실타래처럼 풀어놓았다. 길게 이어지는 그 소리에 어렴풋한 음성이 메아리처럼 뒤섞였다. 숨을 죽인 밤 같고, 재 섞인 눈(雪) 같고, 우윳빛 눈물이나 달 같은 음성이었다. 그리고 그 모두를 압도하는 브룸의 목소리가 통주저음처럼 이어졌다.

한 편의 시를 읊조리는 브룸의 목소리.

조용한 새 뒤집혀 나는 새야
허공에 둥지를 트는 새야

우리의 땅이 벌써 빛을 발하는 경계에서
네 두 번째 눈꺼풀을 닫아라 고개 들면
지구의 모습이 눈부시나니 (……)

루드빅은 기차 바퀴 소리와 속삭이는 브룸의 목소리를 점점 더 분간하기 어려웠다. 하지만 내면 깊은 곳에 감추어진 망각이 얼음이 녹듯 전율하고 있음을 느꼈다. 웅얼대는 말들이 먼 기억 속에서 조각조각 떠올랐다.

조용한 새 뒤집혀 나는 새야
허공에 둥지를 트는 새야
내 기억이 이미 빛을 내는 경계에서
네 두 번째 눈꺼풀을 닫아라
태양 때문도 지구 때문도 아닌
기다란 이 불 때문이다 점점 더 세차게 타올라
어느 날 마침내 하나의 빛이 되는 불

브룸의 목소리가 이 밤에 이슬비처럼 창유리에 와 부딪고 그의 숨결이 살결처럼 만져졌다. 루드빅은 귀 기울였다. 자신을 완전히 잊은 채 극도로 몰입하며 귀 기울였다. 아득하고도 내밀한 그 목소리가 밤을 통과해 그의 안에서 숨 쉬었다.

어느 날
어느 날 나는 나 자신을 기다렸다
나라는 작자를 알아야 하기에
자신에게 말했다 기욤 이제 네가 올 시간이다
다른 사람들을 아는 나
나는 오감과 몇몇 다른 감각들을 동원해 그들을 안다
(……)

브룸의 목소리가 루드빅의 살과 핏속에서, 온전한 각성과 몰입 상태인 그의 의식 속에서, 아폴리네르의 시를 쉴 새 없이 천천히 읊고 있었다. 루드빅은 아름다운 그 시를 맞는 주인이자 그걸 방문하는 손님이었다. 자신을 찾아온 그걸 방문하는 손님. 현실 한복판에서 발현되는 어떤 꿈의 주인이며 손님.

아 내가 아는 사람들이여
저들의 발소리만 들어도 나는
저들이 접어든 방향을 언제라도 맞출 수 있다
저들만 있으면
내겐 다른 이들을 되살려 낼 자격이 주어지는 셈이다
어느 날 나는 나 자신을 기다렸다
자신에게 말했다 기욤 이제 네가 올 시간이다
그러자 내가 사랑하는 이들이 흥에 취해 걸어 나왔다

그들 가운데 나는 없었다 (……)

브룸의 목소리가 심연에서 올라오고, 지평선에서 몰려들고, 밤에서 솟아나고, 구름에서 새어 나왔다. 그 어느 곳도 아닌 사방에서 퍼져 나와 그의 안에, 살과 핏속으로 스며들었다.

연이어 지상에 무수한 흰 부족들이 나타났는데
사람들마다 손에 장미 한 송이를 들고 있었다
그들이 도중에 발명한 언어를
나는 그들의 입을 통해 배웠고 지금도 말하고 있다
행렬이 지나가기에 난 거기서 내 몸을 찾아보았다
갑자기 나타난 그들
내가 아닌 그들이 나 자신의 조각들을 하나씩 가져왔다
탑을 세우듯 조금씩 나를 쌓아 올렸다
민중이 쌓이며 나 자신이 나타났다
그 모든 몸들과 인간사가 형성한 나 (……)

강렬한 아름다움으로 가득한 말들, 과도한 꿈과 현실이 뒤섞여 터질 듯한 말들이 가시적인 세계를 침범해 들어왔다. 아폴리네르의 「행렬」 속을 지나가는 이 흰 부족들의 무리 속에서 거인 하나가 튀어나와 공간을 점령하며 그의 감탄을 자아냈다.

희미한 달빛이 물결처럼 퍼져나가는 하늘, 이 움직이는 하늘을 머리에 인 밋밋한 풍경 한복판에서 갑자기 커다란 목질의 몸뚱이 하나가 튀어나온 것이다. 밤의 윤기가 흐르는 겨울옷을 걸인처럼 차려입은 거인은 하늘과 땅의 변방에, 어둠과 빛의 경계에 꼿꼿이 서 있었다. 차디찬 침묵 속에서 둥글고 헐벗은 가지들을 아주 높이 쳐든 모습으로. 선 채로 죽음과도 같은 잠에 빠진 너도밤나무였다. 나무는 강렬한 빛을 발하며 환한 밤중에 바람의 긴 이야기와 허공의 노래를 꿈꾸고 있었다. 사각대는 가지의 메마른 소리가 들렸고, 눈 위에 드리워져 흔들리는 그 그림자가 느껴졌다. 몽유병에 걸린 너도밤나무.

서리에 덮여 반짝이는 크고 작은 가지들을 곤두세운 이 헐벗은 나무는 꼭대기가 땅속에 박히고 뿌리가 하늘에 펼쳐진 거꾸로 선 모양새였다. 비물질적인 유체(流體)의 광활한 하늘, 암흑과 빛이 쉴 새 없이 흘러들고 물러나는 하늘에 뿌리를 내린 채 물구나무선 나무. 줄타기 곡예사인 이 나무는 구름을 타고 미끄러지며 바람과 허공 속에서 그 수액과 아름다움을, 존재의 이유와 성장의 활력을 길어내고 있었다.

하지만 섬광처럼 지나간 광경이었다. 곡예를 부리는 너도밤나무. 그 공기뿌리가 달빛을 받아 반짝이는, 나타나기 무섭게 사라져 버린 나무. 먼 곳의 부름에 소환된 나무는 격렬한 충동의 부추김을 받으며 저만치서 구름처럼 쓸려 달려가는 모습이었다. 한순간 발가벗겨졌던 비밀을 품은 채 나무는 달아나고 또 달아났다.

이 덧없는 광경으로 충분해, 이번엔 루드빅 자신이 기우뚱하며 내면에 아가리를 벌린 허공 속으로 곤두박질치는 느낌이었다. 루드빅 역시 잎이 떨어진 겨울나무였다. 침울하기 그지없는 의심과 역겨운 멜랑콜리, 세상과 자기 자신에 대한 염증을 모두 떨쳐버린 나무. 그는 서리와 공간과 달빛에 취하고 어둠에 온통 눈이 부신 나무와 흡사했다. 자신보다 앞서 멀리, 자신으로부터 아주 멀리, 자기 자신을 만나러 가는 나무였다. 무성한 잡초와 구름의 소용돌이 속에서 하늘을 스치며 땅의 표면을 달려가는 찰나의 광채.

기차가 지겹도록 반복되는 소음을 뱉어내고 있었다. 아폴리네르의 말들, 브룸의 음성, 루드빅의 희미한 심장박동. 그의 내면에 엄청난 동요가 일었고, 심장이 파열해 저절로 열렸다. 눈과 얼음이 끈질기게 대지를 뒤덮고 있음에도 다른 어떤 식물이나 생명체보다 먼저 봄의 도래를 감지하는, 툰드라 지대의 키 작은 소나무들처럼 말이다. 너무 오래 실현되지 않아 더는 아무도 믿지 않게 된 어떤 약속을 기억하면서 창백한 대초원에서 몸을 떨며 외롭고 기이한 모습으로 서 있는 나무들이었다.

기차가 속도를 늦추다 몇 차례 요동치더니 작은 역에 멈춰 섰다. 루드빅은 한 남자가 그의 객실이 있는 위치에서 살짝 물러나 플랫폼에 서 있는 걸 보았다. 모자를 쓰지도, 짐 가방을 들지도 않은 남자는 꼿꼿한 자세로 팔을 아래로 늘어뜨린 채 꼼짝 않고 서 있었다. 루드빅은 남자가 입고 있는 외투에 호기심이 당겼다. 몇 달 전 자신이 바로 이 기차에서 도난당한 것과 똑같이 생긴 레인코트였다. 상대를 더 찬찬히 뜯어보던 루드빅은 한층 당혹스러운 또 다른 유사점을 발견했다. 남자는 루드빅 자신을 꼭 닮아 있었다. 그는 비통하리만큼 진지한 표정으로 루드빅을 바라보았다.

두 사람은 똑같은 부동의 자세로, 기차가 정차해 있는 내내 침묵 속에서 서로를 응시했다. 일 분 혹은 이 분, 섬광처럼 번득이는 영원. 다음 순간 기차가 요동치더니 천천히 나아가기 시작했다. 루드빅 역시 소스라쳤으며 남자의 얼굴에서 시선을 떼지 않은 채 두 손과 이마를 창유리에 갖다 댔다. 남자는 꼼짝 하지 않고 고개만 루드빅 쪽으로 돌렸다. 남자의 얼굴에 희미한 미소가 떠오르는 듯했다. 무심과 연민이 뒤섞인 미소.

예의 리듬을 되찾은 기차는 철길을 따라 달렸다. 루드빅은 얼굴을 여전히 창 쪽으로 돌린 채 의자 등받이에 등을 밀착시켰다. 그 순간 창유리에 비친 자신의 눈길과 마주쳤다. 그의 눈길인 동시에 조금 전 플랫폼에서 발견한 남자의 눈길이기도 했다. 다소 서글퍼 보이는 똑같은 진지함, 똑같은 기다림과 인내를 담은 표정. 루드빅은 그게 정말로 자기 자신인지 아니면 다른 누구인지 더 이상 알 수 없었다. 자신의 모습인 건 분명했지만 자신으로 보이지 않았다. 그는 창유리 쪽으로 손을 내밀어 거기 비친 자신의 닫힌 입술을 손끝으로 더듬었다. 그러자 입술이 살짝 열리며 들릴락 말락 한 가느다란 음성으로 말하기 시작했다.

"루드빅, 루드빅……"

목소리는 그를 부른다기보다, 아니, 자신의 이름을 댄다기보다 무언가를 간청하고 있었다. 루드빅은 목소리가 구걸하는 게 무언지 알 수 없었다. 그 안에 담긴 엄청난 요청을 느낄 따름이었다. 그지없이 상냥하면서도 비탄에 빠진 목소리였다.

"날 봐, 내 말을 들어봐……"

창유리에 비친 얼굴이 루드빅의 손가락 아래서 입술을 움직이며 속삭였다. 어떤 수의에 찍힌 죽은 이의 얼굴은 생명을 부여받는다는 몹시 당혹스러운 신비를 그 얼굴이 환기시켜 주었다. 루드빅은 경이의 사막 너무 멀리까지 헤매고 다닌 터라 마음속에 어떤 질문도 떠오르지 않았다. 머리부터 발끝까지 발가벗겨진 채 의문에 부쳐진 그의 존재는 순전한 불확실성이며 부조리한 부재가 되어 있었다. 그와 꼭 닮은 거울 속 이 얼굴이 누구의 얼굴인지 더는 알 수 없었다. 그 자신과는 다른 곳에서 생겨나 다른 삶을 사는 듯해 보이는 얼굴이었다.

고뇌에 찬 상냥한 목소리가 다시 들려왔다.

"네가 태어난 순간부터 나는 네 숨결, 네 심장에 결합되어 있었다. 나는 네가 탄생한 순간 터뜨린 울음이었고, 그 울음보다 앞선 시간에 대한 네 기억이었다. 나는 너와 하루하루를 함께하며 네 걸음 하나 네 몸짓 하나도 놓치지 않았고 네 모든 밤에 나도 몸을 뉘었다. 종종 네 어깨에 손을 얹기도 했지만 넌 경망스럽게 으쓱하며 그 손을 불결한 먼지인 양 치워버렸지. 나는 네 고통과 네 비애의 짐을 짊어졌고, 점점 더 벅차게 와 닿는 네 의심의 짐도 짊어졌다. 하지만 가장 무거운 짐은 너의 무관심과 환멸이었다. 난 너를 위한 미세한 빛의 파편, 한 조각 침묵을 쥐고 있었지만, 네 마음과 정신이 늘 그릇된 혼란에 빠져 있어 그걸 네 안에 들여놓을 수 없었다…… 루드빅, 자신에게 부재하며 만사에 염증을 느낀 탓에 스스로를 시야에서 놓치고 마음을 잃어버린 너. 그 정도로 나를 몰라보고, 그 정도로 자신을 사랑하지 않은 너. 결국 너는 내게서 멀어지고 자신에게 등을 돌렸으며 다른 이들에게서도 돌아서게 되었지…… 루드빅, 아주 오래전부터 나는 주인에게 버림받은 개처럼 너를 찾아 헤매며 네게 애원하고 있구나. 자신의 개를 잃어버린 주인처럼 너를 찾아 헤매며 상심에 빠져 있단다. 방탕하고 태만한 아우를 찾는 형처럼 너를 찾아 헤매며 네게 간청한다…… 루드빅, 네 태만으로 추위가 닥치고 네 권태로 어둠이 내렸구나. 세상의 신비에 대한 너의 무관심으로 굶주림과 갈증이 널려 있구나……"

창유리에 이마를 얹은 루드빅은 그의 눈을 응시하는 그림자의 이마에 자신의 이마를 기대고 이 떨리는 속삭임에 손끝을 갖다 댄 채 귀 기울였다. 이제까지의 모든 저항이 백기를 들었다. 자신도 모르게 — 그의 의지를 거슬러서는 아닐지언정 — 내면에서 벌어진 싸움에서 끝내 항복하고 말았다. 스스로에게 항복했고, 세상의 불확실성과 현실이라는 기적과 근원적인 현실인 꿈에 항복했다.

그가 손끝으로 감지한 이 모든 속삭임은 질책이 아니라 고백이었다. 그는 자신에게 고백하고 있었다. 단수이면서 복수인 그라는 존재는, 허무가 뚫고 지나간 이 불안정한 지대는, 무수한 목소리와 얼굴과 몸짓과 발걸음이 통과한 지대기도 했다. 부단한 융합이 진행 중인 몸, 반향과 흔적과 시선들로 빚어진 유예 상태의 육신이었다. 그 미완의 심장이 뛸 때마다 세상의 소음 속에 새로운 말줄임표가 뿌려졌다. 그것은 자신과 타인, 산 자와 죽은 자 사이에 형성되는, 순간의 접점이었다. 하지만 그 어느 것도 그의 정신 속에 명확히 표명된 건 아니었고, 감각이 손끝에서 그의 존재 구석구석까지 서서히 쇄도해 와 빛과 어둠이 되어 퍼져나갔다.

기차가 역으로 진입하며 여행도 끝나가고 있었다. 아니, 끝나는 게 아니라 시작되고 있었다. 다른 곳에서 다른 방식으로. 루드빅은 그의 그림자가 사라진 차창에서 몸을 뗐다. 창유리에 맺힌 물방울들이 가는 선을 그으며 천천히 흘러내렸다. 루드빅이 손으로 유리창을 훔치자 물방울에 손가락이 젖었다. 그 손을 입술에 갖다 대니 입안에 소금맛이 살짝 타올랐다.

그는 기차에서 내렸다.

루드빅, 이것이 그의 이름이었던가? 그와 이마를 맞대고 있었던 그 비물질적인 얼굴은 그를 그렇게 불렀지만 그는 더 이상 자신의 이름을 알 수 없었다. '무제'. 작가가 상상력이 부족해서가 아니라 오히려 상상력의 한계를 뛰어넘었기에, 자신의 작품이 사방으로 열리고 스스로를 넘어서서 펼쳐지도록 하기 위해 붙인 제목. 이런 막연한 어휘의 제목으로 등장하는 시나 그림들처럼 루드빅은 이름 없는 세계, 미지의 세계 속에 떠다니는 기분이었다. 그는 어린아이 같은 새로운 행복감을 맛보았다. 이 부유(浮遊)는 더 이상 목적 없는 방황이 아니었고, 자신으로부터 멀리 떠나는 근사한 탈출이었다.

무슨 직함도 이름도 없이, 해묵은 비애와 노스탤지어를 벗어던진 채, 일체의 적개심과 무관심의 속박에서도 풀려나, 그는 한밤중에 기차에서 내려 세상의 아침으로 나왔다. 이젠 그가 어디에 있든, 어느 도시에 살든 상관없었다. 시야 너머로 끝없이 펼쳐진, 정신의 극한에 자리한 또 다른 무한의 공간에 다다른 참이었다. 만사가 매듭이 풀리며 나팔 모양으로 벌어지는 곳, 질문이 더 이상 답변을 필요로 하지 않고 놀라움 탓에 늘어만 가는 곳. 생각이 고삐 풀린 망아지처럼 달아나고 마음이 벌거숭이가 되는 곳.

그는 추위와 졸음으로 흐려진 눈을 한 여행객들이 강렬한 형광빛 속에서 걸어 다니는 역사 안을 가로질렀다. 짐 가방도 행선지도 없이, 또 다른 열기로 타오르는 눈을 하고 어슬렁거리는 이들도 있었다.

역사를 나서니 바깥에선 칼바람이 불고 있었다. 황갈색 가로등 불빛 속에서 고운 눈송이들이 빙글빙글 선회했다. 춥고 바람이 불었지만 그는 걷고 싶었다. 차도엔 차들이 소리 없이 서행하고 있었다. 그는 대로를 하나 또 하나 내려간 뒤 거리를 지그재그로 걸어갔다. 눈 덮인 아스팔트와 돌들의 냄새를 들이마시며 발길 닿는 대로 걸었다. 전차가 지나가자 그는 망설이다가 결국 올라탔다. 얼어붙은 도시 전역에 흩뿌려지는 침묵의 씨앗처럼 쉴 새 없이 내리는 눈을 바라보며 잠시 차량에 몸을 맡겼다. 전차는 강쪽으로 접어들어 부두를 따라 달렸다. 검은 우산을 받쳐 든 커플이 다리를 건너갔다. 한순간 두 사람은 묘한 춤 스텝을 밟는가 싶더니 곧 균형을 되찾았다. 집들의 지붕 위로 높다랗게 걸린 희미한 초승달이 반투명한 쉼표처럼 하늘 한 틈새에서 떨며 보랏빛 심연에 짧은 휴지의 구두점을 찍고 있었다. 다리 위에서 우산이 비상을 주저하는 커다란 검은 새처럼 규칙적으로 흔들리는, 강 하류에 반사된 불안정한 휴지.

그는 다음 역에서 내렸다. 골목길로 접어드니 안쪽에 눈과 어둠이 꿈의 결정체가 되어 어슴푸레한 더미를 이루며 밀집해 있었다. 남신(男神)의 모습을 한 기둥들이 불침번을 서는 갈색 건물들 사이를 그는 요리조리 빠져나갔다. 어디선가 개 짖는 소리가 들렸다. 맑고 경쾌하게 울려 퍼지는 명랑한 소리였다. 그 순간 그는 랍비 뢰브의 『망명의 우물들』에 나오는 「다섯 번째 우물」의 한 구절을 떠올렸다. "개들이 짖는다면 도시 안에 죽음의 천사가 들어온 것이고, 그들이 웃는다면 예언자 엘리야가 들어온 것이다." 가장 초라하고 보잘것없는 피조물에 속한 그들이야말로 초자연적 표지들과 영적 존재들을 감지하는 힘을 부여받았을 터였다. 우월감에 젖은 인간들에겐 좀처럼 주어지지 않는 능력.

예언자 엘리야는 죽음의 천사와 상반되는 존재인 것이다. 후자로부터 결핍과 상실이 초래된다면, 예언자 엘리야는 평화와 생명을 나눠주는 자이다. 생명과 평화의 세력이 세상을 지배하는 순간 우리는 이제까지 고함과 신음 소리밖에 낼 수 없었던 존재들에게서 웃음을 발견한다. 그러고 보면 발람의 암탕나귀도 마찬가지였다. 칼을 빼 들고 도로 한복판에 서 있는 천사를 알아본 암탕나귀는 비켜서서 들판 쪽으로 달렸지만, 천사를 보지 못한 발람은 투시력을 지닌 당나귀를 채찍으로 갈긴 것이다.

개는 웃고 있었을까? 그런 생각을 하자 루드빅의 얼굴

에 미소가 떠올랐다. 그렇게 그는 밝고 명랑한 얼굴로 시청 앞 광장에 이르렀다.

시청 모퉁이엔 마하랄이 시간을 초월한 보초를 서고 있었고, 그런 그의 허리를 난파한 젊은 여인이 필사적으로 부여잡고 있었다. 줄무늬 진 크고 오목한 조개껍질 같은 둥근 천장의 규방 깊숙한 곳에서 빛을 받아 반짝이는 늙은 현자와 아름다운 물의 요정. 눈과 유황빛 도는 미색 후광에 싸인 그들은 그 어느 때보다 강과 바다의 인물들을 닮아 있었다. 물기 머금은 깊은 밤에서 솟아난 인물들이었다. 세상의 아침을 앞서는 밤이나 종말을 의미하는 밤이 아닌, 노아의 홍수가 물러난 세상의 새로운 아침을 탄생시킨 밤이었다. 이제 막 걸음마를 떼었건만 벌써 타락하고만 '역사'로부터 동튼 두 번째 빛을 담은 아침이었다. '언약'이 갱신되고 세상의 질서가 재규정된 내밀한 아침. "나는 너희 각자에게 피에 대한 책임을 물을 것이다. 모든 짐승과 사람에게 그 책임을 물을 것이다. 사람이 같은 사람의 피를 흘리면 그에게 사람의 생명에 대한 책임을 물을 것이다."*

걸핏하면 인간에 의해 갈취당하고 우롱당하고 능욕당하는 인간의 영혼. 1492년 그 머나먼 일요일에 마하랄이 루돌프 황제와 비밀리에 나누었던 대화가 그것이었을까? 브룸도 이제 그 두 사람 곁으로 안내되어 마침내 그들의

---

* 창세기 9장 5절.

밀담에 참여하게 된 걸까?

그가 조각상을 응시하며 다시 브룸을 생각하는 동안 이제까지 주목하지 못했던 세부 사항이 불쑥 눈에 띄었다. 벌거벗은 여인과 쌍을 이루며 마하랄의 발치에 조각되어 있는 개 한 마리. 「다섯 번째 우물」에 언급된 바로 그것을 조각가 살론이 구현해 둔 걸까?

기이한 자세로 웅크리고 앉은 이 말라깽이 개는 전혀 웃고 있는 것 같지 않았다. 그렇다고 울부짖거나 낑낑대는 것도 아니었다. 생각에 잠겨 망설이는 개. 하지만 그가 어떻게 선택을 할 수 있었겠는가? 웃음으로 맞아지는 생명과 평화는, 긴 올빼미 울음소리가 암시하는 죽음의 도래와 공존했으니 말이다.

몸 안에 한 세기 가까운 지혜와 빛나는 믿음을 지닌 마하랄이, 마음이 평화로 얼어붙어 생명을 발하는 그가, 젊은 여인이 악의 없이 가져온 죽음의 위협을 받고 있지 않은가? 죽음의 향을 발했다는 그 유명한 장미처럼, 벌거벗은 여인 역시 여리고 아름다웠다. 개가 도무지 결정을 내리지 못하는 것도 그 때문이다. 주인의 외투 자락에 몸을 바짝 기댄 개는 노인의 힘과 평온함만큼이나 젊은 죽음의 달콤한 향을 감지하고 있었다.

루드빅의 머릿속에 갑자기 한 생각이 떠올랐다. 그는 브룸이 30년 동안이나 읽은 뒤 돌려준 책을 호주머니에서 꺼냈고 거기서 콜라주 이미지를 담은 카드를 빼 아코디언처럼 접었다. 그런 다음 조각상 받침돌 위로 기어 올라가, 죽음의 음흉한 포옹에 저항하는 마하랄의 쳐든 손안에 그걸 찔러 넣었다.

"자, 이제 작별의 메시지가 인사가 되고 여행으로의 끝없는 초대가 되었군." 루드빅 역시 노인의 어깨에 달라붙어 말했다. "영혼들이 걷는 광활한 도상에서 야힘 브룸이여, 부디 좋은 여행이 되시기를!"

그렇게 말한 뒤 그는 도로 내려오다 미끄러져 받침돌 아래로 떨어졌다. 얼어붙은 포석에 등을 깔고 길게 누운 자세였다. '뚱보 루드밀라 같군!' 그런 생각이 들자 웃음이 터져 나왔다.

개는 바로 루드빅 자신이었다. 후각을 부여받았음에도 불시에 닥치는 기적을 전혀 이해하지 못하는 초라한 동물. 지금까지 뒤죽박죽의 혼란된 생각 속에서 의심에 찌든 지성에 발이 묶여 오도 가도 못했던 그였건만, 이 순간 완벽하게 느낄 수 있었다. 자신이 살아 있음을, 절대적인 평화에 들어 있음을 아는 순수한 환희가 봇물 터지듯 밀려든 참이라는 것을. 그러자 웃음이, 웃음이 터져 나왔다. 눈이 녹아 뚝뚝 듣는 포석 위에 엉덩이를 붙이고 앉은 채로. 마침내 그는 몸을 일으켜 외투에 묻은 흙을 털어내고 조각상 곁으로 돌아와 돌로 된 개의 머리를 쓰다듬었고, 그런 다음 자리를 떴다. 그가 발견해야 할, 의문을 제기해야 할 어떤 세계가 그의 주변에서 살아 숨 쉬고 있었다.

여행의 시작과 끝, 그리고 새로운 시작

이창실 역자

실비 제르맹은 1985년 첫 소설 『밤의 책』이 출간된 뒤 이듬해 1986년 체코 프라하로 떠나 그곳에 정착한다. 그 당시 체코는 아직 공산주의 철의 장막이 드리워 있던 나라였으나 제르맹은 프랑스 문화원 자료 관리원 및 고등학교 철학 교사로 일하면서 1993년까지 7년을 프라하에 머무르게 된다. 그렇게 그녀는 이 도시에 거주하며 1987년에는 『밤의 책』의 속편인 『호박색 밤』을, 1989년에는 『분노의 날들』을 발표한다. 그러다 체류 마지막 시기에 이르러서야 체코를 배경으로 한 작품을 쓰기 시작해 『프라하 거리에서 울고 다니는 여자』(1992)와 『이망시테』(1993), 『소금 조각』(1996)을 차례로 발표한다.

1996년에 출간된 소설인 『소금 조각』의 주인공 루드빅의 정신적 여정에는 작가가 프라하에 머무르는 동안 체득하고 이해한 다양한 양상이 압축되어 있다. 다시 말해 이 책 속에는 프라하의 상세한 거리 풍경뿐 아니라 1989

년의 벨벳혁명을 기점으로 완전히 달라진 체코 사회의 분위기와 체코의 문학·예술 및 그것들을 통해 파악한 체코의 영혼이 녹아 들어 있다.

1. 이중의 위기

『소금 조각』은 '삶의 의미를 찾아 나선 개인의 여정'이라는 어찌 보면 보편적인 주제를 다루고 있는데, 거기에 이 개인이 속한 사회와 역사의 특수한 사정들이 촘촘히 얽혀들어 있다. 루드빅은 자신이 살던 공산 체제하의 프라하에 등을 돌리고 서구로 떠나 11년을 보내지만 그사이 사랑의 배신을 경험하고 고국으로 돌아온다. 그러나 과거에 그의 정신적 지주였던 스승 브룸의 노쇠와 임종을 목격하면서 좌절하고 허무에 직면한다. 이 나라에 그를 위한 자리는 없으며, 랍비 뢰브라는 인물과 관련된 어떤 작품의 번역 외에 그는 아무것에도 관심이 없다. 1989년 이전의 프라하는 저속한 막시스트 물질주의의 지배를 받은 반면, 그가 떠나 있던 사이 자본주의 체제로 전환된 체코가 문호를 개방하면서 관광 도시로 변한 프라하는 또 다른 물질주의에 종속되어 있다. 그렇게 루드빅 개인의 환멸에 집단의 혼란이 더해져 그가 느끼는 고독의 감정은 배가된다. 책에서 언급된 '실명'은 과거의 기억으로부터 단절되어 삶의 의미를 상실한 채 표류하는 루드빅 개인의 영혼의 실명임과 동시에, 그가 진단한 사회의 실명이기도 하다. "자유를 포식하긴 했어도 이상(理想)은 불구가 되어 쓰디쓴 불만족에 사로잡힌"(25p) 상태인 이 실명은 그에게서 구역감으로 표출된다.

이처럼 프라하로 돌아온 루드빅은 만사에 의욕을 잃고 싫증이 나 있다. 그런 상황에서 그는 계속 기이한 만남들을 갖게 되며 낯설고 비현실적이며 부조리한 느낌 속으로 빠져든다. 기차 안이나 은행, 식당, 병원, 신문 가판점, 심지어 거리에서도 이상한 광경을 목격하며, 그가 마주치는 인물들은 이해할 수 없는 이야기를 늘어놓는다. 그리고 그때마다 소금의 주제가 되풀이해 등장한다. 그런데 이 일련의 이상한 만남들이 오히려 그를 한층 색채감 있는 현실 속으로 데려다 놓으며, 그것들은 일상이라 불리는 무기력한 현실보다 더 큰 생명력을 가지고 그의 호기심을 부추기게 된다.

2. 랍비 뢰브

루드빅은 정신의 피로와 무기력에서 헤어나지 못하면서도 호기심만은 생생히 살아 있다. 그런데 소설이 진행되는 내내 시종일관 그가 관심을 갖는 인물이 있으니 바로 프라하의 마하랄 랍비 뢰브(?~1609)이다. 4세기 전 프라하에 살았던 이 랍비는 위대한 교육자며 신학자로서 골렘 창조 전설의 주인공인데, 루드빅의 스승 브룸이 구원의 징표로 삼고 있는 인물이기도 하다. 나치와 공산주의를 모두 경험하며 그들과 동시대를 살았던 지식인인 브룸은 임종을 앞두고 악(惡)에 의문을 제기하며 공포에 빠진다. 아름다움으로 고양된 길을 가느라 직시하지 않았던 문제들, 이 시대의 비극을 전혀 이해하지 못한 채 세월을 보냈음을 부끄러워한다. 그리고 악의 득세로 '굴욕을 당한 이성'(166p)이 구원받을 수 있는 실마리를 과거 한 시점의 사건에서 구한다. 즉 1592년 2월 23일, 랍비 뢰브가 루돌프 2세 황제를 접견하며 단둘이 신비로운 대화를 나누었던 사건이다. 브룸은 그날을 자신의 임종일로 정해두고 마지막까지 그 대화의 수수께끼 속으로 합류하고자 죽음을 미룬다. 역사의 기록에 의하면, 그 당시 탄압과 박해와 흉포한 죽임을 당했던 프라하 유대교 공동체에 평화가 찾아들게 했던 접견이었다. 죽음을 앞둔 브룸은 랍비와 황제 사이의 만남을 묵상하며 오직 그 책에서 위로를 받는데, 이번엔 제자인 루드빅이 랍비 뢰브가 언급되는 책을 번역하면서 스승의 관심에 발을 들이며 스승의 유산을 짊어진다. 루드빅에게 번역을 맡긴 출판사 발행인 역시 이 랍비에 대한 브룸의 글을 읽고 프라하의 유대교 공동체에 관심을 갖게 된 것이었고, "세상과 우리 자신에 대한 새로운 소식"(73p)을 이 랍비에게서 들을 수 있으리라 기대한다. 『소금 조각』에는 이처럼 프라하 사회의 특수한 성격의 하나로서 수 세기 전부터 존재해 온 유대교 공동체의 목소리가 삽입되어 있는데, 책에서 랍비 뢰브는 바로 그 목소리를 대변하는 인물이다.

실제로 프라하 시청 광장 모퉁이에는 체코의 조각가 라디슬라프 살론(1870~1946)이 조각한 랍비 뢰브의 동상이 서 있는데, 루드빅은 소설 마지막 부분에 다시 그 동상 앞으로 돌아와 서게 된다. 신화와 전설뿐 아니라 한 개인이 기억을 통해 흔들어 깨우는 과거야말로 『소금 조각』의 주요 주제이기도 한 것이다. 치욕을 당한 역사든 개인의 과거든, 기억의 부재는 삶의 부재이며 기억을 되살림으로써 온전한 자아를 되찾게 된다는 것. 그는 랍비 뢰브의 그림자 속에서 마침내 그 깨달음을 얻게 되며 잊고 있던 스승 브롬의 지대에 합류한다. 오랫동안 잃어버린 삶의 맛, 소금의 맛을 되찾았다는 의미이다.

3. 체코의 시인과 예술가들

제르맹은 프라하에 거주하는 동안 체코 사회의 분위기를 몸소 체험하며 그 예술과 문학, 역사를 이해하게 된다. 그녀가 프라하에 정착한 1986년만 해도 체코는 공산주의 노선에 따라 사고하지 않는 이들을 모두 적으로 간주했고, 상당수의 지식인들과 작가, 예술가들이 청소부나 난방공 등 여러 직업을 전전하며 생계를 이어갔다. 공산주의가 표방하는 경직된 물질주의의 지배 아래서 자유가 구속당하고 두려움이 만연해 있던 시절이었다. 그런 사회 분위기에서 제르맹은 반체제 예술가들 및 시인들의 작품과 정서를 접하게 되며, 공산주의 체제하의 체코를 떠날 수 없었던 체코 지식인들에 대해 알게 된다. 그들 중에는 신자도 비신자도 있었지만, 모두가 냉소적이고 저속한 국가권력에 맞서서 보다 높은 영혼의 가치를 지키려 한 이들이었다.

그렇게 그녀는 체코인의 영혼과 국민 의식의 형성에 시(詩)가 얼마나 중요한 역할을 하는지 이해하게 된다. 『소금 조각』에는 가톨릭 시인이었던 레이넥을 비롯해 이리 콜라르의 글이 삽입되어 있는데, 두 사람 다 공산주의가 표방하는 물질주의와 냉소주의에 굴복하지 않고 영혼을 탐구한 지식인들이었다. 소설 속에서 루드빅은 콜라르의 조형예술 전시회를 방문하게 되며, 정신적인 추방을 겪는 자신의 상태를 콜라르의 콜라주 작품 속에서 확인하기도 한다. 소설의 제사(題詞)이기도 한 콜라르의 말은 소설 전체의 분위기를 전달해 주는 주제 문구라 할만하다.

특히 제르맹은 80년대 사미즈다트(지하출판)를 통해 유통된 보후슬라프 레이넥의 시를 접하고 큰 감명을 받는다. 시인이며 판화가였던 레이넥은 게오르크 트라클을 비롯해 클로델, 베르나노스, 발레리, 지오노, 레옹 블루아, 막스 자콥을 체코어로 번역하기도 했는데, 체코어를 잘 알지 못했던 제르맹은 어느 정도 직관의 힘을 빌려 그의 정신세계를 이해했음을 고백한다. 1990년대에 그녀는 프라하의 갤러리에서 레이넥의 판화 전시회를 찾을 기회를 갖게 되며, 1998년에는 레이넥에 대한 에세이를 쓰기까지 한다. 그녀의 설명에 의하면, 대학에서 퇴출당한 뒤 T라는 지방 도시의 집에 칩거해 내면의 지대를 거닐었던 인물인 브룸은 이 시인에게서 영감을 받아 창조된 인물이다.

4. 여정

기차 안에서 내다보는 창밖 풍경과 함께 시작되는 『소금 조각』은 마지막에 기차에서 내려 새로운 출발 앞에 선 주인공과 함께 막이 내린다. 이 기차 여행은 내면으로의 여행이며, 아직 실체를 드러내 보이지 않은 미지의 세계를 향한 여행이기도 하다.

이야기가 진행되는 내내 루드빅의 머릿속을 끊임없이 맴도는 환영이 있으니, 브룸에게서 받은 엽서 속 동방박사들의 이미지이다. 과거에 루드빅이 직접 만든 콜라주의 세 남자를 비롯해 은행 직원의 말에 나오는 조커가 그렇듯, 이 이미지는 루드빅의 정신적 여정을 상징적으로 암시해 준다. 그러나 루드빅의 환상 속에서 출몰하는 동방박사들은 오늘날 너무 자주 인용되어 진부한 형상을 띠게 된 인물들과는 동떨어져 보인다. 왕의 광휘도, 별의 안내를 받는 점성술사의 확고함도 지니지 않은 그들은 갈색과 회색의 실루엣으로 세찬 바람을 거슬러 힘겹게 나아가는데 (99p), 이런 그들의 모습은 세상의 신비와 성스러움이 지워진 상태에서 관계의 결렬을 겪고 있는 루드빅의 정신 상태처럼 보이기도 한다.

실제로 이 소설 속엔 동방박사뿐 아니라 성서에 등장하는 요소들이 곳곳에 배치되어 있으며, 책의 제목이기도 한 '소금' 역시 그 가운데 하나이다. 성서에 나오는 소금은 이스라엘 백성이 하느님 앞에서 갖는 순수하고 변치 않는 신앙을 의미하는데, 소설 첫 장면에서부터 소금 통을 쏟은 그림 속 유다가 삶의 맛을 잃은 주인공에게 일종의 경고처럼 등장한다. 기차 승객이 두고 간 뒤바뀐 낡은 코트 호주머니에 든 소금 조각을 비롯해, 루드빅이 만나게 되는 인물들은 하나같이 소금이 지닌 어떤 성질을 암시한다.

그렇게 그의 일상에 불쑥불쑥 끼어드는 이 인물들이 세상의 명백한 표지들을 뒤엎어 버린다. 어린아이가 철학자처럼 말하고 청소부 여자의 입에서 신학자의 언변이 쏟아져 나오는 등, 있을 법한 현실의 이야기에 초현실적인 광경이나 사건이 침입해 뒤섞이게 된다. 그런데 꿈과 환상 같기도 한 이런 불가해한 요소들이 그에게 정신의 새로운 영역을 섬광과도 같이 열어 보인다. 그가 이끌려 들어간 이 낯선 세계는 루드빅으로 하여금 익숙한 현실에서 물러서서 새로운 눈으로 현실을 바라보게 해주며, 쇄도해 들어오는 비현실감이 오히려 확고한 현실의 세계를 엿보게 만

드는 것이다.

루드빅은 자신의 분신에 다름 아닌 이 인물들과의 기이한 만남을 통해 무기력한 실명 상태에서 벗어나 미지의 세계를 향해 눈뜨게 된다. 그의 삶에서 제거되었던 신비가 그런 식으로 그를 찾아오며 진정한 자아와의 재회가 가능해진다.

5. 엘리야와 개

소설의 결말 부분에서 창유리 뒤에 서 있는 에바는 루드빅이 어둠이 깔릴 때까지 떠나지 않고 서 있는 모습을 내려다본다. 루드빅과 에바가 거리를 둔 채 침묵 속에 함께하는 이 신비롭고도 헐벗은 한순간이 지나면 역으로 발길을 재촉하는 루드빅의 모습이 보인다. 이제 루드빅의 마음엔 그때까지 한 번도 느껴보지 못한 평화가 자리한다. 기차에 오른 그는 온전한 몰입과 각성상태에 들어 귓전을 맴도는 미세한 음성에 귀 기울이게 되는데, 아폴리네르의 시를 읊는 이 브룸의 목소리가 그를 차디찬 망각으로부터 끌어내어 과거의 기억에 가닿게 한다. 기차가 정차한 짧은 시간 동안 그가 차창을 통해 목격하는 기이한 광경, 그리고 이어지는 여행의 묘사는 이 소설에서 가장 놀랍고 아름다운 장면이기도 하다.

역사를 나와서 잡아탄 전차에서 내린 루드빅은 랍비

뢰브의 『망명의 우물』, 「다섯 번째 우물」에 나오는 엘리야와 개의 웃음을 떠올린다. 개가 웃는다는 건 엘리야가 입성했다는 것, 즉 평화와 생명이 도래했음을 의미한다는 사실 역시. 시청 광장 모퉁이에 이르러 또 한 번 마하랄의 동상을 마주친 그는 랍비의 발치에 조각된 개를 발견한다. 조각상 받침돌 위로 올라섰다가 떨어졌을 때 그에게서 터져 나오는 웃음, 그리고 개의 머리를 쓰다듬고 떠나는 몸짓은 그가 자신의 조건과 한계를 받아들였음을 의미한다. "자아를 망각함으로써만 가능한 도약"(17p)이 이루어졌음을 추측해 보게 한다. "가장 초라하고 보잘것없는 피조물에 속한 그들이야말로 초자연적 표지들과 영적 존재들을 감지하는 힘을 부여받았기"(209p) 때문이다.

우리가 함께한 이 주인공은 이야기가 끝나고도 그의 삶을 이어갈 것이며 또 다른 만남들을 가질 것이다. 그러나 독자는 그가 답변을 얻었다는 것을, 새로운 세계를 탐색하기 위해 다시 발을 내디딜 생생한 욕구를 가지게 되었음을 짐작한다.

실비 제르맹은 특이하게도 프랑스 문학이 이미 오래전에 포기한 전원의 삶을 소재로 삼아 글을 쓴 작가이다. 그녀는 외진 마을, 숲과 늪지대, 민물과 땅의 사람들의 삶을 묘사하며 그들의 열정과 광기로 우리를 사로잡고 불안에 빠트렸었다. 『밤의 책』 『호박색 밤』 『분노의 날들』이 그런

맥락 속에 자리하는데, 그 안에선 현실의 세계가 그대로 재현되기보다 신화에 가까운 방식으로 이야기가 전개되며 원시적이고도 신비로운 삶의 기원이 탐구되고 있다. 그런데 프라하를 배경으로 한 이후의 다른 두 작품을 포함해 『소금 조각』에 이르러서는 결이 조금 달라진다. 이야기가 점점 명확한 역사 속에 자리한 개인에게 주목하기 때문이다. 『소금 조각』은 현실의 구체적인 시간과 문화 속에 자리한 루드빅이라는 개인의 정신적인 위기를 다룬 이야기이다.

그러나 소설의 배경이 도시라 할지언정 제르맹의 작품이 어김없이 내포하는 신화와 전설, 환상과 서정미를 이 책에서도 만나게 된다. 숲과 늪지로 둘러싸인 외진 마을이든 프라하 같은 도시든, 그녀의 언어를 통해 새로운 의미를 부여받은 이 장소들은 신화적인 성격을 띠게 된다. 1990년대 프라하 시청 광장 한구석에 서 있는 마하랄의 동상은 루드빅으로 하여금 400년 전의 역사적 사건에 의문을 던지게 하며 그의 내면의 여정에 해답을 제시하는 실마리가 되어준다.

『소금 조각』에서 주인공이 다시 맞게 되는 삶의 신비는 이처럼 작가가 자신의 언어를 통해 열어 보이는 신비이기도 하다. 맛을 잃은 현실이 의미를 부여받기 위해선 세상에 대한 새로운 인식이 있어야 할 텐데, 제르맹의 작품 속에서 우리는 작가의 언어가 창조해 낸 시적인 공간을 통해 그 인식에 한발 다가간다. 즉 그 언어에 힘입어 현실에서 가려져 있던 신비가 어렴풋이 실체를 드러내는 것이다.

제르맹의 다른 소설들과 비교할 때 『소금 조각』은 내용의 분량이나 스케일로 보아 덜 눈에 띄는 작품일지도 모른다. 그러나 은유의 언어를 통해 형성된 다양한 이미지들이 퍼즐처럼 이어지면서 의미를 형성해 내는, 그녀의 글쓰기의 정수가 배어 있는 굉장히 아름다운 책이다.

혼돈의 세계에서 의미를 어디서 찾을 것인가 하는 물음에, 이 소설은 그 의미가 이 혼돈 한복판에서 찾아진다고 말한다. "방황이 우리에겐 기회"(133p)인 것이다. 제사에 등장하는 "인간은 기이한 길들을 통해 앎에 가닿는다"는 콜라르의 말이 이야기 전체를 요약한다고 할 수 있다. 이 '앎'이란 다름 아닌, 그럼에도 불구하고 세상이 살 만한 곳이 되었다는 긍정이 아닐까?

옮긴이 **이창실**

이화여자대학교 영어영문학과를 졸업하고, 프랑스 스트라스부르대학 응용언어학 과정을 이수한 뒤, 이화여자대학교 통번역대학원 한불과를 졸업했다. 이스마일 카다레와 실비 제르맹의 소설들을 비롯해, 크리스티앙 보뱅의 『작은 파티 드레스』 『흰옷을 입은 여인』 등을 우리말로 옮겼다.

소금 조각 ÉCLATS DE SEL

1판 1쇄 2024년 9월 25일
1판 2쇄 2025년 5월 5일

지은이 실비 제르맹
역자 이창실
펴낸이 신승엽
펴낸곳 1984BOOKS

편집 신승엽 · 북디자인 신승엽

주소 전북 익산시 창인동 1가 115-12
전자우편 1984books.on@gmail.com
전화 010.3099.5973 · 팩스 0303.3447.5973
인스타그램 @livingin1984 · 페이스북 /1984books

ISBN 979-11-90533-47-8 03860

잘못된 책은 구입하신 서점에서 교환해 드립니다.

1984BOOKS